小説　啄木と牧水
覚えず　君が家に到る

富永慶一郎

言視舎

若山牧水（本名 繁）　明治一八年（一八八五）八月二四日～
昭和三年（一九二八）九月一七日

石川啄木（本名 一《はじめ》）　明治一九年（一八八六）年二月二〇日～
明治四五年（一九一二）四月一三日

——目次

第一章　それまでの日々

明治四四年二月三日の夜、東京市本郷区本郷弓町二丁目一七番地の床屋「喜之床《きのとこ》」に、ひとりの男がやってきた。坊主頭、目の粗い薩摩絣《かすり》に破れ袴《はかま》、下駄ばき。冬だというのに足袋も履いていない。床屋はすでに店を閉めていたが、二階の住人のため、左手の勝手口の鍵はかかっていない。その戸をおもむろに開けた男は、暗い室内に向けて声をかけた。

「ごめん、石川さん、啄木さん、ご在宅ですか……」風采に似ず、よく通る、若い男性らしい爽やかな声だった。店の奥には小さな茶の間や台所があり、そこから二階への階段がある。

二階の六畳二間には、石川啄木とその家族が住んでいた。啄木と母カツ、妻の節子に娘の京子。そして半年遅れで合流した父一禎《いってい》の五人。貧しく狭いけれど、流浪、離別の末、ちょうど二年前、啄木が明治四二年二月末に東京朝日新聞の校正係に職を得たことで、やっと家族がいっしょに住めるようになった、その住処だった。

就職、離職、転身を繰り返す啄木に、遠く北海道の函館に、いわば「置き去り」にされていた母、妻、娘の三代の女たちが「もう待てない」と上京したのがその年の六月なかばだった。そのために慌ててここを間借りして、それから今日まですでに一年半ほど経っている。その間にも問題はいろいろあったが、啄木の短く貧しい生涯で、この「喜之床」での日々が、家族が家族らしく生活するという意味で、比較的安定していたといえる時期である。

男の声を聞いて、節子が階段を降りて勝手口の近くまでやってきた。

「はい、石川ですが……」

どちら様と問うより早く男が名乗った。

「若山です。若山牧水といいます。夜分、まことに申しわけありませんが、石川さんにぜひお会いしたくて」

「まあ、若山牧水さん……」

『海の声』『独り歌へる』に続く一年前の第三歌集『別離』が絶賛された歌人の名前を、節子はもちろん知っていた。そして牧水が著名な歌人であると同時に、文芸雑誌『創作』を主宰する編集者であり、この夜も啄木に原稿依頼にやってきたのであろうと、すぐに了解した。

啄木は、前年三月に創刊されたこの雑誌に、すでに何度か歌や評論を発表していたからである。

「ちょっとお待ちになってください」と奥の階段へ向かう節子の後ろ姿に、牧水はもう一度声をかけた。

「近くへ越してきたものですから……」

牧水は半月ほど前に、麴町区飯田河岸三一号地の印刷所「日英舎」の二階に移り住み、同時にそこを雑誌『創作』を編集・制作する「創作社」としていた。東雲堂刊行の『創作』は、華々しく始まり、評判もよかったが、経営的にはうまくいかず、廃刊の噂も出て、それなら……と、牧水と友人の佐藤緑葉とでやっていこうと決めたばかりだった。その創作社から啄木の住む喜之床までは二キロほどだが、旅で鍛えた牧水の脚にとっては、なにほどのこともない距離だった。

節子は一〇段の階段を急いで登ると、二階の奥の間の扉をそっと開け、「はじめさん、若山牧水さんがみえたんです。どうされますか」と小さな声で聞いた。

というのも、啄木はこの時、書斎であり、かつ夫婦の寝所でもあるこの部屋で布団の中にいたからだ。寝ていたのではなく、具合が悪く臥せっていた。

この日、午前中に文学仲間で東京帝国大学医科大学の医学生である太田正雄（木下杢太《もくた》郎《ろう》）がやってきて啄木を診察し、「胸には異常はないけれど、腹のほうは、やはり予定通りに入院しなきゃいけないよ」と忠告していた。啄木は一〇日ほど前から腹が堅く張って、やがて坐臥行歩にも難が出てきたため新聞社を休んだりしながら様子を見ていたが、前々日の二月一日にやっと東大の三浦内科で青柳医学士の診察を受けた。医師は一目見て「これは大変だ。慢性腹膜炎です。一日も早く入院するように」と告げた。

手術を受け、医師の指導の下、養生しなければ、「あなたの生命はたった一年です」とも言われた。けれどもこの時点では発熱や苦痛もなかったため、啄木はあまり重大には受け止めていなかった。太田からも念押しされ、仕方なく明日には入院という段取りになったところだった。

だが節子から都合を聞かれると、「なに、若山君が……もちろん会うよ」と啄木はすぐに身を起こした。布団を手早くたたんで押入れにしまい込んだ節子が青い大きな瀬戸物の火鉢を部屋の中央に置き、暗い階段を足早に降りると、「若山さん、どうぞ……」と牧水を呼んだ。

この夜、牧水は、いささか気負っていた。啄木に会うからという緊張以前に、自分なりの都合があった。人妻と知らずに陥った園田小枝子《さえこ》との四年半にわたる泥沼の恋にやっと終止符を打ち、しかしさすがに心乱れて酒浸りの日々を送り、佐藤緑葉に放り投げるように預けたままにしていた『創作』を、また懸命にやらねばと、やっと覚悟を決め直したところだった。その手はじめに、かつての「天才詩人」、二月《ふた》前には歌集『一握の砂』で、新しい時代の文学を牽引する若き旗手だといままた評判をとっている啄木に、『創作』を舞台に縦横に活躍してもらい、文芸誌『創作』再浮上の切り札にしたいと思い立ち、夜の道を急ぎ足でやってきたのだった。その足どりは敏捷で軽かったが、気持ちまでは晴れやかとは言えず、じつのところは、新時代の主役に会って話をし、微塵に砕け混乱の最中《さなか》にある自分の心をもう一度奮い立たせるきっかけを摑みたいと、藁《わら》にも縋《すが》る思いだったのだ。

台所や便所は階下にあり、二階は二間《ふた》だけの狭い住まいだが、啄木は、表通りに面し肘掛窓と欄干を施した明るいほうの六畳間を自分の書斎兼寝所としていた。

盛岡や渋民、また函館の時代から啄木を訪ねる人は多く、お客の世話には節子も慣れており、牧水は、すんなりと啄木の前に座った。牧水の酒好きは有名だが、この夜、石川家には酒の一合もなかった。節子は、階下の台所へ、お茶の準備に降りていく。

火鉢に手をかざし、顔は笑っているが生気のない様子の啄木に、「いつぞやは、浅草で失敬しました。あのときは、遊び過ぎでもういい加減くたびれていて……」と牧水が話しはじめると、

「いやあ、すれ違いざまに北原君に肩をたたかれて、僕もびっくりしましたよ」と啄木が意

外にも明るく返し、それからふたりはすぐに打ちとけた。

牧水が啄木宅にまで訪ねてきたのは初めてだったが、ふたりが会うのは、じつはこの夜が二度目のことである。最初の出会いはその「いつぞや」すなわち前年の一一月、浅草田原町の路上でのことだった。

そのとき牧水は、北原白秋、佐藤緑葉、「パンの会」の創作版画家山本鼎《かなえ》と四人で、前夜から飲み始め、吉原、向島、浅草で遊んで、さすがにくたくたになった帰り道、向こうからやって来た「肩の怒った痩形の青年」に出会った。すると白秋が、「やあ」と声をかけ、佐藤、山本のふたりも顔見知りらしく話に加わった。牧水がひとり遠慮して間をあけてしゃがんでいると、緑葉が呼ぶ。白秋が、ちょっと自慢気に「若山君、知ってるかい、この人が石川啄木君だよ」と紹介した。一九歳で処女詩集『あこがれ』を出版し、天才詩人と謳われた啄木のことを牧水はもちろん知っていたし、その後の歌や評論も、自分とは違うが、新しくてとてもいいと認め、端的に言えば「好き」だった。実作者として、啄木の目指すものが、よく理解できたのだ。そしてこの邂逅より半年前の四月には、ふたりの間ですでに原稿のやり取りも始まっていた――明治四三年四月一二日の日記に、啄木は「若山牧水君から『創作』への歌を頼まれて送った」と書いている。啄木の日記に、この時はじめて牧水の名前が登場した。ふたりの短い、しかし深い関係の始まりである。また啄木は、「君等のやっている雑誌事業はまことに結構なことで、自分もたいへん興味を持ち、やってみたいのだがまだ実行できないでいる。諸君の健闘を祈る」といった内容の手紙を書いて、牧水を励ましていた。それ以来、啄木は『創作』の常連作家の一人となり、つい半月ほど前に出た号にも、歌論「一利己主義者と友人との対話」を寄せたばかりである。

この浅草での初めての出会いで、牧水の受けた啄木の第一印象は「恐ろしく気持ちの好い顔をした男」というものだった。この頃の啄木は、後年、与謝野鉄幹が思い出して評したように「初対面の印象は卒直で快活で、上品で、敏慧で、明るい所のある気質と共に、豊麗な額、莞爾《かんじ》として光る優しい眼、少し気を負うて掲げた左の肩、全体に颯爽とした風采の少年」だった八年前、一六歳の頃の面影を、まだ宿していたのだ。生まれたばかりの長男を亡くす不幸に見舞われたが、朝日新聞で、校正係から「朝日歌壇」の選者に抜擢されて意気盛んな時期で、元気で若き文学者らしいきびきびした口調も、牧水を魅了した。

いっぽう啄木も、初めて会った牧水のあまりにも澄んだ瞳に惹かれた。後年、牧水の妻となった太田喜志子が、一、二度会っただけの牧水からの強烈な求愛に応えた理由として、我が子に「あんなきれいな眼をしたひとに悪いひとはいないもの」と語った、その眼だった。啄木も一瞬にして、牧水の瞳の奥に、その人間性を見抜いていた。

「信州のほうへ旅行中だとか聞いていましたが、いつ帰りましたか。いつも旅行されるようで羨ましい」と啄木が言ったが、牧水はそれには生返事しか出来ず、みんなでもう一度浅草に引き返さないかという啄木の誘いも断って、その時はそれで終わった。

このとき牧水の立場からは、「『創作』にまた原稿をよろしく」とでも言うべきところだったが、そんな気のきいた言葉が出るような状況ではなかった。牧水にとって、この頃が、生涯最悪の時期だったのだ。

その年の夏の終わりには、すでに小枝子との身を焦がす恋は、ほとんど破局を迎えていた。結婚する気でいた牧水は、その可能性がゼロであり、それなのに自分をきりきり舞いさせてきた小枝子の言動に、いまさらながら不審をいだき、心身ともに疲労困憊、大事な『創作』の編集を放り出し、突如、浴衣一枚の軽装で甲州、信州に旅立った。牧水の恋も、その破綻も知らない多くの友人にとっては、「旅の歌人」の充電に見えただけだった。

牧水は、まず、山梨の境川村に住む、早稲田の仲間で、家業の農業や養蚕に従事するため途中退学せざるを得なかった飯田蛇笏《だこつ》を訪ね、一〇日ほど世話になった。旧幕時代、名字帯刀を許された名門の大地主、飯田家は蛇笏が「山盧《さんろ》」と呼んだ広い山居一帯に屋敷や蔵を構え、牧水ひとり接待するのに、なにほどの苦労もなかったのだが、そのとき蛇笏の家では、祖母が瀕死の床にあった。だが、蛇笏は牧水にはなにも言わず、蔵の二階の広々とした「俳諧堂」に泊めた。牧水は野山を散策したり酒を飲んでいい気分になり、自分の窮状は隠したまま、蛇笏に「ぜひ再度上京したまえ」とすすめたりした。

その後、九月一三日に信州・小諸に向かうと、『創作』の読者で牧水門下と自認する岩崎樫郎に世話になることにした。岩崎は、小諸の任命堂田村病院で病院長の片腕と目される若くて優秀な医師だった。もと北国街道の本陣であった田村病院を、牧水は「大きな古風の病院」と呼び、その「二階の一隅」に長逗留し、土地の歌人たちに歓迎され、歌会を開いたり、酒食をたのしんで英気を養っていた。病院の人たちも「おかしな人が来たものだ」と言いながら、よく世話をしてくれ、牧水は気分よく二月《ふた》ちかくものんきな日々を過ごしていた。いい歌も詠めた。

白玉の歯にしみとほる秋の夜の酒はしづかに飲むべかりけれ
かたはらに秋くさの花かたるらくほろびしものはなつかしきかな

だが、そこに予想もしなかった小枝子が訪ねてきた。「なぜ?」と慌てる牧水。佐藤緑葉に聞いたのだろうか。緑葉には何度か手紙を出して、選歌の結果や自分の歌を送ったり、近況をしらせてはいた。だが、緑葉には、否、東京の友人たちには小枝子のことはほとんど話していない。この苦しい恋の経緯を知っているのは、故郷、延岡中学校以来の親友・鈴木財蔵（のち平賀財蔵、春郊）くらいなのだが……。

翌朝まで駅前の旅館で話をした牧水は、泣きながら帰京する小枝子を苦悶の表情で見送った。たがいにこれ以上は関係を続けられないとよく分かっている。小枝子は実態は違うといいながらも、人妻なのだから……。熱い感情に突き動かされ、若さのすべてをかけて愛した女、多くの歌に詠みこむほどに夢中になった恋だったのに……。結婚しようと思っていた。四〇年の年末から翌年の正月にかけて房州根本海岸に小枝子と滞在して、初めて彼女を抱いてから、その思いは日々に募り、一年後には新居まで借りた。それなのに、小枝子はどうしてもうんと言わない。そして、さらに一年ほど後、四三年のはじめに、小枝子は女の子を出産した。あなたの子だと小枝子は言う。腑に落ちないところがあるが、逆にそうでないとしたら、いったいどうことになるのか、考えたくもない……。だが、自分の子なら、小枝子も自分も「姦通罪」に問われる恐れがある。そのため雪子と名付けられた赤ん坊は、すぐに房州のほうへ里子に出されたが、里親から養育費の請求がくる。なんとかしてくれと小枝子が泣きついてきたのだが、牧水に金はない。この時も、やっと小枝子の帰りの汽車賃を、田村病院で借りて手渡しただけである。

見送ったあとで、牧水は気がついた。小枝子が涙を見せたのは、そういえば、これが初めてのことだった。寡黙で、あまり感情を表さない女で、それでも牧水と居るときには、柔らかい表情を見せ、時どきにっこり笑う。牧水の膝枕で横になることも多く、そのまま本当に眠ってしまったりもする。牧水に、幸せと、この女を手放すことなど出来ないという思いを深めさせる、いまとなっては残酷な至福の時だった。

この寝顔或日泣きもしすねもしぬこよひ斯くねてわれに添へれど
君睡《ぬ》れば灯の照るかぎりしづやかに夜は匂ふなりたちばなの花

昨夜は今生の思いで、そんな小枝子を抱こうとしたが、既にたがいの気持ちが離れていて無理なことだった。もう、すべてが終わるのだと、小枝子の細い肩に手を置いたまま、牧水は諦めの気持ちを抱いた。

それから三日間、それでも小諸を拠点に、湯治場として有名な鹿沢温泉、そこから嬬恋村を抜けて群馬県吾妻郡の草津温泉、取って返して軽井沢……と信州、上州を歩き回り、また小諸に帰ってくるなど、牧水はおろおろと歩き回っていた。田村病院に帰り着くと、待っていたのは、東京に住む小枝子の異父兄という男からの手紙だった。責任を取れ、東京に帰ってこい、小枝子は自殺するかもしれない……気が動顛《どうてん》した。この手紙はなんなのか、小枝子から異父兄のことなど聞いたこともなかった。いや、小枝子のことを自分はまるでなにも知らなかったと気がついた。だが、小枝子が困り抜いていることは事実だし、先日会った様子からも、自殺しかねないという気はした。心配で頭が混乱した。

一一月一六日に帰京した牧水は、異父兄という男に会ったが、話は要領を得なかった。要はカネということだけである。小枝子の所在もはっきりしなかった。その後、牧水はまるでその男から逃げるように友人たちのところを転々とした。佐藤緑葉や早稲田の友人で東京日日新聞記者の福永挽歌の家に居候させてもらっていた。浅草で啄木に会ったのは、そんなめちゃくちゃな日々のなかでのことだったのだ。

断ち切れぬ恋情、ふくらむ疑惑、もうどうとでもなれ、いっそ死んでしまいたい——泥酔乱酔の日々が続く。道端に寝転んで警官に注意されたこともある。俺はどうなるのだ。里子の養育費や自身の病気の治療費、毎日の生活費に窮しているところに、経営状態の悪い『創作』打ち切りの噂、故郷から届く「ハハキトク、スグカヘレ」の電報。これは自分を呼び返すための策だと分かって無視しているけれど、最愛の母だ。やはり気になる。ああ、あれもこれも、なんとかしなくては……。

牧水は佐藤緑葉と一緒に、出版元、西村社長の東雲堂から『創作』を独立させ、飯田河岸の日英舎印刷所の薄暗い二階に創作社を作った。『創作』は、なんとしても続け、成功させなくてはならない。牧水は啄木に会うことで、単なる原稿依頼だけでなく、そうした煩悶の日々に区切りを付けたかった。

一方の啄木は、その頃、得意と悲嘆のただ中にいた。

四三年九月一五日、この日から東京朝日新聞には「朝日歌壇」が設けられ、校正係から『二葉亭（四迷）全集』第二巻の編集係に転じていた二四歳の啄木が、その選者に任ぜられた。大抜擢であるが、すでに一部で名声が高まりつつあった啄木にとっては、自分がその任にあたることは当然に思われ、とくに気負うこともなかった。

＊

一〇月四日には長男の真一が誕生した。またこの日、『創作』の版元であった東雲堂の、まだ一九歳の若き西村陽吉（辰五郎）社長との間で歌集『一握の砂』出版の話がまとまった。『創作』での啄木の活躍を、同じ「歌詠み」でもある西村が評価していたからである。契約金二〇円を得た啄木は、これでやっと自分の思うような未来が拓くのだと大きな希望を抱いた。だが、そのわずか三週間後、第一歌集『一握の砂』の見本刷りが届いた日に、啄木は病死した真一の火葬に立ち会うことになり、歌集の最後に悲しい八首を書き加えるという悲劇に見舞われた。

子ども好きの啄木にとって、長女京子に続く真一の誕生は、この上なくうれしいことだった。この幸せは、取りも直さず、現在、自分が朝日の社員であることによる。ひとえに郷里の先輩、編集長の佐藤真一のおかげである。だから、彼にあやかって、息子の名を真一とした。「気持のいい位男らしい人だから、おれの子供もさうなつてくれると可い」と思ったからである。
だが、一〇月二七日深夜、真一は突然亡くなる。

夜おそく
つとめ先よりかへり来て
今死にしてふ児《こ》を抱けるかな

二三《ふたみ》こゑ
いまはのきはに微《かす》かにも泣きしといふに
なみだ誘《さそ》はる

底知れぬ謎《なぞ》に対《むか》ひてあるごとし
死児《しじ》のひたひに
またも手をやる

翌二八日、啄木は、妹の光子、函館の友人宮崎郁雨、親友の金田一京助の三人にだけ、訃報を書いた。光子には、「長男真一が死んだ、昨夜は夜勤で十二時過に帰つて来ると、二分間許り前に脈がきれたといふ所だつた、身体はまだ温かかつた、医者をよんで注射をさしたがとう〳〵駄目だつた、真一の眼はこの世の光を二十四日間見た丈で永久に閉じた……」と短く報告し、郁雨と金田一には候文の手紙とした。この悲しみを少しでも客観視して、あるさびしい出来事として終わらせたかった。

そうしたなかで、牧水の『創作』に歌論「一利己主義者と友人との対話」を書き送り、浅草で牧水に会ったのはそのしばらくあとの一一月のことだった。さらに一二月一日には『一握の砂』が発行され、同月、『二葉亭全集』も刊行されて、給料も本俸二五円から二八円に上がった。一月《ひと》ほど前の真一の死を別にすれば、啄木は、若き文学者として得意の絶頂にあった。

この夜訪ねてきた牧水もまた、心機一転し、自らの立ち位置を見つめ直して、『創作』を一流の文芸誌にするべく初心に戻って努力するのだと、何度も自らに言い聞かせていた。『海の声』『独り歌へる』『別離』と、出版した歌集は評判がよく、とくに昨四三年四月に上梓した『別離』は、各方面から称賛を浴びていた。第一、第二歌集までは、ほぼ自費出版のようなもので、金銭的にはなんのプラスもなかったが、『別離』で初めて一五円を手にした。自己を取り巻く状況と自分の心の裡《うち》を別にすれば、客観的には牧水もまた、得意の絶頂にいるはずだった。

＊

そんなふたりの話は弾んだ。年齢は明治一八年八月生まれの牧水が一九年二月生まれの啄木より一歳上だったが、一〇代で文壇に登場した啄木が「先輩格」で、また著者と編集者というこの夜の立場から、自然に牧水が尋ね、啄木が答えるかたちになった。

強い自負心から、つい大言壮語する癖のある啄木も、このときは牧水に心を許し、不思議に素直な物言いになっていた。それには、たがいの友人関係も大きく作用していた。北原白秋や土岐哀果（善麿）を通じて、ふたりはすでに同じ文学仲間のような気安い関係にあったのだ。

牧水と白秋は早稲田英文科の同級生だが、人嫌いだった白秋の最初の友人になったのが牧水だった。同じ九州出身者で、たがいに詩や歌を作っていることを知って親密になり、一時期は、牛込区の穴八幡の傍の、白秋に言わせると「鶏小舎の大きなもの」みたいな「ひどいバラック」の清致館にいっしょに下宿していた。またその後、牧水が白秋宅に寄宿していたこともある仲だった。これも同級の中林蘇水と牧水、そして当時射水と号した白秋とで「早稲田の三水」と名乗っていたこともある。國木田獨歩が好きだった牧水が誘って、三人で武蔵野の面影を求めて戸山が原のくぬぎ林を散策したりしていた。

当時、牧水は尾上柴舟《おのえさいしゅう》選の『新聲』、白秋は与謝野鉄幹・晶子《あきこ》の『明星』を主な作品発表の場にしていた。『明星』の浪漫主義に対して、『新聲』は金子薫園・柴舟による反『明星』の「叙景歌」を標榜しており、やがて柴舟を中心に正富汪洋、前田夕暮、牧水、のちに三木露風、有本芳水らで「車前草社」を結成するなどしたが、牧水と白秋は別に「千鳥會」を起こすなど、仲がよかった。

牧水と白秋が二人で与謝野鉄幹・晶子夫妻を訪ねたこともあった。たまたま鉄幹は不在で、晶子に挨拶だけして帰ったが、牧水は以前に『乱れ髪』をよく読んだことも忘れたように、晶子を「顔の長い女性だなあ」と思っただけだった。白秋や『明星』育ちの啄木は、やがては師の鉄幹から離れていっても、晶子にはあこがれの気持ちを持ち続け、尊崇の念も厚く、晶子もまたこの二人のことをずっと気にかけて可愛がってくれたのとは好対照である。

その啄木と白秋は、鉄幹・晶子の主宰する新詩社（機関誌『明星』）の仲間だった。年は白秋のほうが一つ上だが、新詩社に参加したのは啄木のほうが三年早い。森鷗外の「観潮《かんちょう》楼《ろう》歌会」にも共に参加するなどして友人関係は深化した。四〇年末、白秋が木下杢太郎や吉井勇らと新詩社から抜けたことがきっかけとなり翌年末に『明星』が一〇〇号で終刊となったあと、鷗外や与謝野夫妻の助力の下、鷗外命名の『スバル』が創刊され、啄木が編集発行人となった時には、これに白秋もよく協力した。

編集仕事以外にも互いの下宿を行き来したり、共に浅草などで遊んだりした。もともと九州・柳川の旧家のボンボンで世間知らずだった白秋に酒と女を教えたのが啄木——という間柄でもある。

白秋は、啄木を「天才を以て自任してる者」と思い、「競争するつもりだった」と啄木に打ち明けたことがある。だが、この競争からは、いちはやく啄木が下りた。もちろん才能で負けるとは思わないが、当時裕福だった白秋との「戦は境遇のために勝敗早くついた。予は敗けた」

四二年二月、「二十五円外に夜勤一夜一円づゝ、都合三十円以上で」貴君を朝日新聞の校正係に雇うという手紙と前金を編集長・佐藤真一から受け取った夕べには、啄木はうれしくて、誰かにこのことを言わずにはおられず、神楽坂「物理学校（現東京理科大）裏」の白秋のところへ押しかけた。白秋も、まもなく第一詩集『邪宗門』が世に出る頃であったから、二人で黒ビールで乾杯した。白秋の二階の書斎は、窓から物理学校の白い建物が見え、ガス燈がついて窓という窓が蒼白く、それは気持ちのよい色で、啄木は酔いしれた。「これで予の東京生活の基礎が出来た！　暗き十ヶ月の後の今夜のビールはうまかつた」と、啄木は日記に書き、遠く北海道函館にいる母と妻子にも、親友・宮崎郁雨への手紙を通じてしらせた。

まもなく、白秋の『邪宗門』を読んだときには、「美しい。そして特色のある本だ。北原は幸福な人だ」と日記に書き、さらに白秋にあてた手紙に「〃邪宗門〃には全く新らしい二つの特徴がある。その一つは〃邪宗門〃という言葉の有する連想といつたようなもんで、も一つはこの詩集に溢れている新らしい感覚と情緒だ。そして、前者は詩人白秋を解するに最も必要な特色で、後者は今後の新らしい詩の基礎となるべきものだ……」と書いた。また白秋に「君の歌がほんとうなんだよ。真正面から君は行っている。僕は裏道から行くんだ、羨ましいが仕方がない」と言ったこともある。己の作品に自信満々の啄木も、白秋には一目置いていた。

三月から朝日新聞の社員となった啄木は、歌会に呼ぶなど好意を寄せてくれた森鷗外に六日の手紙で報告し、家族を呼び寄せようと思っていること、また一生涯朝日に奉公してもいい、いや、そうしたいと書いた。また、どんな人物か会ってみたかった島崎藤村には三月二一日に会いに行くなど、朝日の社員であることを十二分に利用した。

翌四三年七月には、一日と五日に夏目漱石に会っている。漱石はそのとき内幸町の長与胃腸病院に胃潰瘍の治療のために入院中で、啄木は見舞いに訪れたのだが、朝日新聞の先輩である漱石に、校正係のあと抜擢された二葉亭四迷全集の編集者として、参考意見を求めたのである。以前には「夏目の『虞美人草』なら一ヶ月で書ける」と豪語した啄木だが、さすがに二〇歳ほど年長で、すでに大作家である漱石には神妙に接した。漱石も、この若者を気に入り、四迷訳のツルゲーネフ作「けむり」に関して、自分が持っている英訳書を貸してやるという好意を示した。ずっと後に、困窮する啄木が病床から金の無心をしたときにも、漱石はすぐに金十円を鏡子夫人に都合させ、森田草平に持っていかせている。

同年配の者には遠慮なく大きい口をきく啄木だが、年長の「これ」と思う人物には、じつにうまく接する。若き天才詩人で眉目秀麗、書くもの述べるところもおもしろい、唯一の難点が貧乏であること——この「かわいくてかわいそうな」青年を、「大人」たちは放っておけず、なんとか一本立ちさせてやろうという気になってしまうのだった。

もうひとりの共通の友人、土岐哀果（善麿）も牧水とは早稲田の英文科の同級生で、安成貞雄、佐藤緑葉、福永挽歌などと共に「北斗會」を作り、創作批評の回覧雑誌『北斗』を発行するなど仲がよかった。その頃は「湖友」の雅号を名乗っていた哀果と牧水は、御岳山にいっしょに登って大岳山まで縦走し、霧中に二夜を共に過ごしたり、早稲田を卒業してもすぐには就職もせず、英語が得意な哀果と連れ立って「英文和訳」の仕事で軽井沢に行き、途中でその仕事を放り出して遊んだこともあった。たがいに気の置けない仲間であり、哀果はその後、讀賣新聞の記者となってからも、牧水編集の『創作』を、自分の主な作品発表の場としていた。

いっぽう啄木と哀果は、ついこの一月《ひと》ほど前から急速に仲を深め、互いの住まいを訪れ、共に雑誌発行を目指す間柄になっていた。

明治四三年四月、讀賣新聞の社会部記者だった二五歳の哀果は、ローマ字綴りの一首三行書きという異色の第一歌集『NAKIWARAI』を出版したが、これを、啄木が大木頭《たいぼくとう》のペンネームで、東京朝日新聞紙上（八月の「NAKIWARAIを読む」と一二月の「歌のいろ〳〵」）で高く評価した。

「この集を一讀して先づ私の感じたのは、著者土岐哀果氏が蓋《けだ》し今日無数の歌人中で最も歌人らしくない歌人であらうといふ事であつた。其の作には歌らしい歌が少い……たゞ誰でも一寸《ちよい》〳〵經驗するやうな感じを誰でも歌ひ得るやうな平易な歌ひ方で歌つてあるだけである。其所に此の作者の勇氣と眞實があると私は思ふ」（八月三日）と啄木は書き、三行書きも「何も遠慮をする必要がないのだ」と擁護した。そして「忙しい生活の間に心に浮んでは消えてゆく刹那々々の感じを愛惜する心が人間にある限り、歌といふものは滅びない」と、こうした歌こそが新しい「今日の歌」であると高らかに宣言した。ちなみに同年一二月、啄木も三行書きの第一歌集『一握の砂』を出版している。

この哀果と啄木を、讀賣新聞文芸部員で著名な文芸評論家でもある楠山正雄が、歌壇の新しいホープとして讀賣紙上で取り上げ、これをきっかけに哀果と啄木は知り合うことになる。さらに、哀果の歌を酷評した『アララギ』の斎藤茂吉に啄木が反論するなど、それまで「ちやほやされている天才詩人啄木」という、あまりよくない印象を持っていた哀果にとって、啄木は誰よりも信頼できる戦友のような存在になった。年齢は哀果がひとつ上だが、「お寺の子」「新聞記者」という同じ境遇が、たがいに親近感を感じさせるところもあった。

四四年一月一三日、たがいの新聞社の仕事のあと、初めて出会って意気投合すると、そのままこの啄木の部屋に移り、酒には弱い二人が、わずか一合五勺の酒に酔いながら、新雑誌『樹木と果実』の創刊を計画するなど親交を深めたばかりだった。そして、じつはこの二月三日の午後、牧水がやってくる数時間前にも、哀果は啄木を訪ねていた。

──そんな関係であったため、啄木も、最初から、この夜の来訪者に「構える」ことがまったくなかったのだ。

それでなくとも、見るからに農夫然とした風貌で、誰にでも、いつも変わらぬ純情朴訥さでまっすぐに接する牧水は、この夜も同様に、まず前年暮れの啄木の『一握の砂』刊行への祝意を述べると同時に、同書の完成寸前に、わずか二〇日余りの短い生を閉じた啄木の長男真一への弔意を訥々と述べたが、啄木夫妻の悲嘆を思ってか、最後は涙声のようであった。その声を聞きながら、啄木は内心驚いた。この男は自分と違い、他の人間の心に素直に寄り添う純なものを持っている、真一の死は、はらわたを掻きむしられるくらいの悲しいことであったけれど、そのことを『一握の砂』に詠みこんだことで、自分のなかでは「終わらせて」いたからだ。誰からの慰めもいらないと、肩ひじ張っていた心に、この男は、すんなりと入ってきた。これは、まともに付き合わねばいけなさそうだ。自分の「習い性」となっている、虚勢を張ることも、大言壮語の必要もない、牧水となら、気持ちの安らかな関係でいられそうだ……。

この夜、啄木は有名な「啄木の二枚座ぶとん」はしなかった。酒席などでは、自分が小柄なせいもあり、またすこしでも偉そうに見え、優越感をもって他人に対するため、座ぶとんを二枚にさせていた。そうした児戯に等しいことを平気でやってしまう啄木に眉をひそめる人もいたが、大方は、黙って見のがしていた。だが、さすがに自宅では出来ないし、牧水相手にそんなことは必要と思われなかった。たとえそうしていても、牧水がそれに気づいたとも思えない。

次に来訪の目的である原稿依頼の件を牧水が話すと、啄木は快諾し、その後は四方山話となった。そのとき啄木が前年六月の大逆事件（幸徳事件）、そして半月前の社会主義者・無政府主義者死刑執行を念頭に、「一種シニックな心」をもって時世観を述べると、美声の持ち主である牧水が、「今は、実際みンナお先真暗でござんすよ」と、さびた声で繰り返した。啄木は、ちょっと失望した。もっと社会に対する厳しい視点からの返事を待っていたのだ。

啄木が前年の『創作』一〇月号に寄せた「九月の夜の不平」と題する短歌三四首の中には、たとえば次のようなものがあった。

つね日頃好みて言ひし革命の語をつゝしみて秋に入れりけり
今思へばげに彼もまた秋水の一味なりしと知るふしもあり
秋の風我等明治の青年の危機をかなしむ顔撫でて吹く
時代閉塞の現状を奈何にせむ秋に入りてことに斯く思ふかな

そしてこのころ啄木は、自分を「社会主義革命家」だと言うことがあった。『明星』の仲間であり、大逆事件の弁護士であった平出修から密かに関係記録を借りて読ませてもらい、「日本無政府主義者陰謀事件経過及び附帯現象」をまとめたり、七〇〇〇枚一七冊の特別裁判記録を平出の家で一挙に読んだりしていた。冤罪とも言える幸徳事件の真相を後世に伝えるべきだと、自分なりの行動を起こし、平民新聞や社会主義関係の書類を調べて、この後に書く「ヴ・ナロードシリーズ（V NAROD SERIES A LETTER FROM PRISON）」を構想していた。

そんな啄木が何を言いたいのか、よく分かってはいたが、牧水は大逆事件に、さして興味はなかった。社会の大事件には違いないが、そのことに自分がどう立ち向かうべきか、考える必要は感じなかった。ただ嫌な世情であることは十分に感じ取っていたので、そう返事した。

事件以前に牧水は、白秋と一緒に社会主義の演説会に行ったこともあったのだが、幸徳秋水が登壇すると途端に会は中止され、そのまま解散となって、秋水の生の声を聞くこともなかった。牧水にとって、政治的・社会的な「革命」は、そこで終わってしまった。

啄木は話題を変えようとしたが、平出修から聞いたことを思い出して言った。

「若山君、君の『別離』を死刑囚の一人が、処刑の寸前まで読んでいたそうだよ」

聞いた牧水は、はっと顔を上げたが「そう……」と言うと、黙り込んでしまい、それ以上、何も言わなかった。だが、牧水にはすぐに分かった。管野スガのことに違いない。以前、スガに会ったことがある。早稲田の同級生で、ともに回覧雑誌『北斗』を作った仲間で、のちに社会主義文芸評論家にして大正文壇三奇人のひとりと言われた安成貞雄の紹介だった。安成は処刑後のスガの遺骸を荒畑寒村とともに引き取っている。自分も歌を詠むスガは、あの時、牧水に、あなたの歌が好きだと言った。
のちに牧水は次の歌を詠んでいる。

虚無党の一死刑囚死ぬきはにわれの『別離』を読みゐしときく

啄木は、さらに社会批判の言葉を重ねたが、牧水が乗ってこないとみて、適当に切り上げた。牧水の生き方は、自分とは違うのだ。自分は、現在の世の中の動きに無関心ではいられない。とくに大逆事件については、危険は承知だが、だまってはいられない。自分が生きているこの国は、生きるに値するところでなくてはいけない。この世の生きづらさの原因を知り、それを改めたい。だから「発言」する。牧水とてそうには違いないが、その歌は社会に向かう前に己に向かう。自分が見、聞き、感じたことをじつに素直に歌ったものだ。これまでになかったまっすぐな恋の歌で、自分と愛する女の世界こそがすべてなのだ。なんと幸せな男……。たしかに牧水の歌は、すべて「恋の歌」と言ってもよく、自分のは、恋も含めた「生活の歌」なのだ。

急に啄木は、「若山君、君はもとは『新聲』、僕は『明星』だったけれど、じっさいにはいろいろな雑誌で歌を詠み、いまは君の『創作』に発表することが多いよね。そんな中で、僕らの歌は旧来のものとは違っている。その点では君も僕も同じ地平にいるのだと思うけれど、では、君の歌と僕の歌は、どう違うだろう」と問いかけた。

牧水は、ちょっと首を捻ったあと、まじめな顔で答えた。

「僕は……、僕の歌は、自分を知りたいために詠んでいる。唯一無二の自分というものをもっとよく知りたい、もっとよくしたいという希《ねが》いが僕に歌を詠ませている。心が澄むように詠むというか、詠むことで心が澄んでいくような歌詠みでありたいと思っているよ。自己即詩歌。自分はそんな自分勝手な歌人だと思うんだよ。その点、石川君の歌は、石川君自身のこと、生活というものを詠んでいるのだけれど、それを聞き、読む人に『ああ、そうだ、これは自分のことだ』と思わせる、共感させる力がとても強い。生活を統《す》べる思索に基づいているうえに作歌の技能がすばらしい。また自分に対してどこまでも生真面目でありながら、その自分を茶化すような目が働いているから、常に現在に安住しない。いい歌が詠めると、僕はそれだけでうれしい。でも石川君なら、そのいい歌を誰かに見せたい、聞かせたいだろ?」

「うん、僕らはそれが仕事だからね」

「むろん僕もそうなんだが、まず自分がうれしいんだよ。そのよろこびのために歌を詠んでいると言ってもいい。そして僕は、本来、歌は声に出して歌うものだと思っている。少数派だけれどね。そして、歌うものであれば、一行でないと気持ちが途切れてしまう。石川君の歌は、目で読むものだと思う。三行の歌は一行で読むより、じつにすんなり目から心にまで入ってくる。むろん、どっちがいいというわけじゃない。石川君の歌は、その三行が三枚の絵になっていたり、三〇頁の短編小説のようでもあり、読み手の心象を刺激する。だから攻撃的と言っていいかもしれない。僕のは、いわば受動的な、森羅万象から受けた自分の気持ちだけを詠んで終わっている。それでいいと思っている」

そこでにっこり笑顔を見せて、牧水は「……という気がするんだが」と結んだ。

「なるほどね」

思わぬ長い答えだったが、なんとなく納得はいった。それ以上に牧水の一本気なところに驚きながら、とても好ましく感じた。牧水と話すのはたのしいと啄木は思った。

たがいに文芸雑誌作りが好きだったり、本を出版するのにえらく苦労してきたため、その方面の話題は尽きない。牧水は、啄木に最初の詩集『あこがれ』を当時一九歳の啄木がどうやって出せたのか聞いた。

振り向いて、部屋の隅から『あこがれ』を一冊手に取ると、それを牧水に手渡しながら、

「若山君、持つべきはよき友ですよ」と、啄木は自慢気な笑顔を見せながら言った。

明治三七年の秋、婚約者堀合《ほりあい》節子との結婚費用捻出のため詩集刊行を目論んだ一九歳の啄

木は上京し、出版社大學館に勤めていた小田島嘉兵衛を訪ねた。盛岡の「下の橋校」と呼ばれた高等小学校時代の級友、小田島真平の長兄である。啄木が差し出した真平からの紹介状には「石川は貧乏だが文学的才能のある人だ」と書いてあった。当時、啄木はすでに『明星』『帝国文学』『時代思潮』『太陽』『白百合』といった文芸誌に多くの詩を発表し、一部では注目されていた。とはいえ、いきなり詩集を出しても、とても売れるとは思えない。だが嘉兵衛は、故郷の後輩であるこの白皙《はくせき》の美少年の可能性を信じ、次弟の尚三に資金を出させることにした。尚三は当時、日本橋の八十九銀行に勤めて、それなりの貯えもあったが、日露戦争に応召、入隊を控えて、死をも覚悟していた。嘉兵衛に言われて尚三が会った啄木は、下宿の女中に命じて、高級煙草の「敷島」を買ってこさせ、客膳まで取り寄せさせた。そして、文壇の大家を「君」付けで呼ぶなど、横柄な態度だったが、その目がとても澄んでいたため、「詩人とはこんなものか」と思い、尚三は三〇〇円ほどの貯金通帳を兄の嘉兵衛に渡した。

翌三八年五月、初版と再版合わせて一〇〇〇部の『あこがれ』が出来た。薄いカバーに「新體詩集」、そして大きく「あこがれ」とあり、麗々しく「文學士上田敏君序　與謝野鉄幹君跋　石川啄木著」と書かれている。一部五〇銭。奥付に発行者として小田島嘉兵衛と尚三の名がならび、発行所は小田島書房、印刷所は秀英舎である。東京堂を通じて全国にも何部か配本したが、ほとんど売れなかった。うち一〇〇部はクロス貼りの上製本だったが、贈呈用として、ほとんど啄木がもらった。小田島兄弟にとっては、まさに「骨折り損」でしかなかったが、その後、尚三が盛岡で啄木を訪ねたときも、「ありがとう」の一言もなかった。あまつさえ、相手によっては、この本は東京市長尾崎行雄の紹介で出版したものだと吹聴し、小田島兄弟には出させてやったと言わんばかりである。それは、この本の巻頭に「此書を尾崎行雄氏に献じ併て遙に故郷の山河に捧ぐ」との一文があるからで、牧水がその間の事情を問うと、啄木はあっさりと「本に箔がついて格が上がるからね」と、当時東京市長の尾崎をいきなり訪ねたときのことを話した。

紹介状もなく北品川の自宅を訪ねると、思いのほか簡単に会ってくれた咢堂・尾崎行雄に、自分が前途有為な若者であること、この詩集が出版されれば、すぐに大評判になることなどを力説し、出版にご協力をいただきたいと申し込んだのである。詩稿をいくつか読んだ尾崎の返事は「歌など作っていないで、もっと有用な学問を勉強しなさい」という小言めいたものだったが、強く否定や叱正を受けたわけではないからと、啄木は勝手に尾崎の名を使ったのだった。牧水には思いもつかない大胆さである。啄木の死後、尾崎は「〈手が白く且つ大なりき非凡なる人といはるる男と会ひしに〉といふのは、私を詠んだ歌だといふことである。……あれだけの天才歌人に接しながら、なぜもう少し親切に待遇しなかったか」後悔したと書いている。

牧水相手に「成功譚」を愉しげに語った啄木だったが、実際には『あこがれ』の出版は一瞬の光芒でしかなかった。そのあとのことは、いまは話したくない……いや、思い出したくもない、晴れの舞台をむかえたはずの啄木の運命は、突如暗転したのだ。

三七年一二月、故郷渋民村の宝徳寺の住職である父一禎が一一三円余の宗費滞納のため、曹洞宗宗務局より住職の地位を罷免され、突如、一家の生計が弱冠二〇歳の詩人の肩にのしかかることになったのだ。一年ほど揉めた後、結局復職はかなわず、以後一禎は無職の老人となり、啄木と共に住んだり独居したり、あるいは娘婿の世話になったりという生活を送ることになった。いっぽうで母のカツは、一禎について行かず、啄木との生活を選んだ。そのため啄木は、病没するまでの七年間、一家の長として家族を養わねばならず、文学によって立つ以前に背負わされる生活の重荷、すなわち貧困と病に苦しむことになった。

三八年五月、刷り上がったばかりの『あこがれ』を手に帰郷する啄木の顔には、処女作を刊行したよろこびや誇りはなく、むしろ悄然と都をあとにすることになった。離京に際し、啄木は親友の金田一京助に手紙を書いて、「……若《も》し今回の故郷の一件が小生の頭上に落下する事猶《なほ》二年の後なりしならば、とは小生の常に運命の女神に対して呪詛する所の一語に候……」と訴えた。あと二年あれば、父の不運、家族の困窮も自分がなんとか出来るはずだが、なぜ今なのかと「運命の女神」をのろった。

そのあと、節子との結婚式が準備された盛岡に啄木は直帰せず、仙台の大泉旅館に逗留し、詩人で英文学者、「荒城の月」作詞家の土井晩翠を二度訪ねた。目的は借金だったが厳格な晩翠相手には言い出せず、ついに「母が重体」という妹からの手紙を偽造し、宿の番頭に届けさせて晩翠夫人を騙し、一五円をせしめた上、宿代八円七〇銭まで夫人に払わせた。その間、故郷では新郎のいない結婚式が行なわれ、泰然としていたのは花嫁の節子だけで、親たちはおろおろするし、「愛人が自殺して大変だ」などと嘘をついて帰郷しようとしない啄木に汽車賃まで工面してやった旧友たちはその不実に怒り、多くが啄木と絶交することになった。そのひとり、中舘松生は、佐藤善助と花婿不在の結婚式の媒酌人である上野広一にあてた手紙にこう書いた。

「……僕は石川を詩人ならずと敢えていう、石川は数年来の恋人たるせつ子様まで捨て様？として居るじゃないか。友人を泣かせ、恋心を擲《なげう》って友を売り、親を偽って何処に詩人の資格を認るか。石川君より詩人たることをのぞいたならば由由しき一の悪漢たるを免れまい。……詩を種にする利巧なる詐欺師石川君の君の字は今日かぎり縁きりとする」

また、幼少時からの文学仲間で、英語の自主学習の会「ユニオン会」の小沢恒一が、在京友人間での啄木の評判の悪さを心配して、啄木あてに

「……今にして翻然反省して真人間の生活に立ちかえるにあらざれば、君は友を欺き、人を害するものである。君はいつまで世を欺こうとするか。従来の如き君の態度を持続するにおいては、吾人は飽くまでも君を敵として闘わなければならない」と忠告すると、怒った啄木は絶交状を送りつけ、以後、会員との交友は途絶える。

ユニオン会の仲間たちが挙げた啄木の罪状は四つ。一、見さかいのない、偽りの理由による多額の借金。二、借金・下宿代等のふみたおし。三、非常識な濫費。四、借金やパトロン捜しにまつわる嘘やホラ話――。だが、啄木はへこたれない。借金とは一時的に踏み倒すもの、金が出来たら返してやる。出来ないうちは返さなくてもいい、と広言している。たとえば、年長の浪岡茂輝への手紙には、次のように書いた。

「大兄よりも借りたるもの未だにお返し仕らぬ事、記憶いたし居候《おり》が、これらは出来た時に差上げむとの考へに候へば、失礼乍ら、お申訳はなく候へど、自分の心では疚《やま》しき事もなしと思ひ候、……」

そして、金銭的な失敗やこうした考えは、自分の「小児の心」からくるものだが、その心こそ大事なのだと、まさに言いたい放題な主張を述べる。三九年元旦の「岩手日報」の評論「古酒新酒」では、轟々たる非難に対する反撃だとして、

「我は過去数月間の長き強き失敗を悔ゆる能はず。何となれば、これたゞ我が心余りに小児

の如くなりければ也。……然らば何故に失敗の因を改めざるか。答へて曰く、小児の心乎《か》、小児の心乎、噫これ我が常に望む所なれば也。」

　この考えは以後も一貫しており、啄木は、借金や、それを踏み倒すことに、ほとんど罪悪感を持たない。返さないのではなく、作品が売れて金が入れば払うのだ。日々の生活費から払うようなものではないと信じている。実際、『あこがれ』が出版されたら何百円も入るからと言って、それを種に、また借金をする。

　旧友たちから総すかんをくらった啄木だが、ひとり、当の節子だけは、送られてきた『あこがれ』を手に、啄木を信じ切っていた。啄木自身は、のちに「二十歳の時、私の境遇には非常な変動が起つた。郷里《くに》に帰るといふ事と結婚といふ事件と共に、何の財産なき一家の糊《こ》口《こう》の責任といふものが一時に私の上に落ちて来た。さうして私は、其変動に対して何の方針も定める事が出来なかつた」と日記に書いたように、自分がどうすればいいのか途方に暮れていた。だが生来の強がりのため、友人たちに己の窮状を明かすことは出来ず、逆に駒込神明町にふたりのための家を見つけたと嘘をつく。「小生は天下の石川啄木に候」とまで大見得を切った。節子もまた、上野と佐藤の好意的な結婚中止勧告に、熱烈な啄木愛の手紙を書いて応えた。

「吾れは啄木の過去に於けるわれにそゝげる深身の愛、又恋愛にたいする彼れの直覚を明にせんとて、今此の大書状を君等の前にさゝぐ。……願はくば此の書に於て過去二三年の愛を御認め下され度候。吾れはあく迄愛の永遠性なると云ふ事を信じ度候」

大書状とは啄木からのラブレターのことである。これには旧友たちもなす術《すべ》がない。啄木はそんな節子を「理想の妻」と広言している。もう勝手にしろと言うしかない。以降、郷里の友人たちの中では、金田一京助だけが付き合いを続けながら啄木夫妻を助け、相談に乗り、啄木が死ぬまで何度も経済的苦境を救ってやった。当時は東京にいて、友人たちとの連絡も多くなく、啄木の勝手な行動をよく知らなかったからだろう。これほどありがたい友はいないのに、年長の金田一に対する啄木の態度はいささか尊大であった。だが、金田一は気にすることなく、友情を保った。

（なお郷里では、啄木の死の四〇年ほど後に、野村胡堂など、そのとき存命の会員たちが「絶交解消式」を催して啄木のユニオン会除名を取り消している）

友人とは袂を分かつことになった啄木だが、六月の初めには盛岡に帰り、節子と結婚、しばらくは幸せな新婚生活を送った。文芸活動の上でも、『明星』の三八年七月号に、節子と連名の歌「中津川や月に河鹿《かじか》の啼《な》く夜なり涼風《すずかぜ》追ひぬ夢見る人と」など五首を投稿、九月には盛岡の友人大信田《おおしのだ》落花の協力の下、文芸雑誌『小天地』を創刊した。

この雑誌にかけた啄木の努力は目覚ましく、原稿依頼、広告文案から装丁なども自分でこなし、当時の大物作家の岩野泡鳴、正宗白鳥、小山内薫、与謝野寛らの原稿を掲載、自身も三篇の長詩と一八首の短歌を発表した。「東京の連中をびっくりさせてやる」という意気込みの通り、東京での評判も高く、「侮り難い前途を有してゐる」と評された。

この『小天地』にはまた石川節子の歌も掲載されていた。「こほろぎ」の題の下、

よき衣《きぬ》を草にまろねのあかつきやこほろぎなきぬ人は夢みぬ
今日も又夢は追ひつと人に云ひかくれてききぬ厨《くりや》こほろぎ
光り淡くこほろぎ啼きし夕より秋の入り来てこの胸抱きぬ

など九首である。

この節子の歌は好評で、地元の『岩手日報』は、与謝野晶子に次ぐ女性歌人と書いた。音楽（ヴァイオリン）と文学を愛し、新居の盛岡で催された歌会ではつねに高い点数を得たという節子の歌を載せることは、啄木にとっても誇らしいことだった。

二人は、恋人時代から結婚の初期にかけて、帝都東京での文学的成功のみならず、渡米して世界的な文学者になる夢を持っていた。野口米次郎の成功に刺激を受けてのことである。世界的な彫刻家・造園家イサム・ノグチの父である野口は明治二六年に単身渡米、苦労を重

ね、徐々にアメリカ社会で文筆で身を立てると、三四年に渡英、二年後に発表した『From the Eastern Sea（東海より）』で名声を獲得した。啄木はこれに倣《なら》おうとしたのである。だから英語の勉強は怠らなかった。渡米の計画は実現しなかったが、後年は、英語訳でロシア文学や社会主義的文献なども読破するだけの英語力は身についた。

啄木は、翌三九年の三月、懐かしい故郷・渋民に母と妻を伴って帰った。「渋民は我が故郷――」「ああ、この世のいとも安けき港！　その安けき港に今日から舟がかりする身となったのだ」

かにかくに渋民村は恋しかり
おもひでの山
おもひでの川

一禎も、曹洞宗宗務局から懲戒赦免の通知が来たので帰村し、宝徳寺への再住を檀家に懇請するなど、明るい兆しが見えるなか、啄木は渋民尋常高等小学校の尋常科代用教員を拝命し、四月一四日から自称「日本一の代用教員」になった。短いが、啄木自身が天職かもしれないと思う教育者としての日々が始まったのである。俸給はわずかに八円。凶作で村税の未納者が多く村費が足りないのである。事実、最初の俸給は、月給日にもらうことが出来なかった。そのあとは、前借りが続く状態になった。学校に勤務するようになって一〇日後に徴兵検査があったが、「身長五尺二寸二分、筋骨薄弱」で丙種合格と同時に兵役免除となる。心おきなく教育と自分の文学に取り組むことが出来る。

だが現実には、一禎の宝徳寺住職再認をめぐって村は分裂、打ち続く凶作に人々の心も荒れており、親石川派と反石川派の抗争が激しかった。また学校内でも、啄木は反校長派を先導し、なにかと既成の校内勢力と反目していた。

居場所も定まらない一禎に代わって一家の長としての役割を担った啄木は、この年、夏から年末にかけては心身ともに充実していた。六月には学校の農繁期休暇を利用して、父の復職懇請のために上京、与謝野夫妻の許しを得て新詩社に滞在し、漱石や藤村の新作などを読み、文学への志を新たにした。詩人から『破戒』の作家となった藤村に倣い、小説家になると決めたのである。「蓋し詩人の一切の武器のうち、小説ほど白兵戦の突撃に有効なる武器はなければなり」

帰郷すると七月に処女小説「雲は天才である」を執筆開始、翌月には「面影」を書き上げた。一一月には「葬列」の前半……と筆を進めたが、文学界の反応はよくなかった。「雲は天才である」は、自分の職場である学校を舞台に、反校長派の主人公が教育批判を通して社会革命を遂げるといった内容だが、構成が破綻し、結局、未完のままに終わった。いっぽう、東京に送った「面影」は、評論家・作家で当時は春秋堂の編集者であった後藤宙外から「今の世で筆で立つといふ事は到底至難」という手紙を付けて返送されてきた。小説家・石川啄木は夢に終わる。

けれども啄木は、そう思っていなかった。文中に今の小説家たちを「冷罵」している部分があったので、そのせいなのだと思い込んでいた。その後も小説を書き、四三年までの五年間に二二作を書いている。

そうした三九年の年末に、啄木は「お父さん」となる。

臨月の節子は、出産のため、一一月の半ばに盛岡の実家へ帰った。あと一《ひと》月、待つばかりだ。

「あゝぞく〳〵する。満足である。幸福である。十八歳の暮には、詩壇の新作家を以つて目され、二十歳で処女詩集を公にして、同じ年せつ子と一緒になつて、そして二十一歳、筆を小説に染め初め、小供から一躍してお父さんになる。……予は悲しまぬ。否、悲しむ理由がない」

一二月、臨月の節子から「私は君を夫とせし故に幸福なりと信じ、且つよろこび居候」という手紙が届き、暮れの二九日に女の子が生まれたという電報が、翌朝届いた。啄木は布団から飛び出す。

「あゝ盛岡なるせつ子、こひしきせつ子が、無事女の児――可愛き京子を生み落したるなり。予が『若きお父さん』となりたるなり」

うれしさに居ても立っても居られなくなり、啄木は知人友人へ、父となった喜びのハガキを一五枚書いた。

迎えた明治四〇年の正月、節子、京子はまだいないが、父母と妹の光子で明るく明けて、啄木は「我が戦ひよ勇ましかれ、我が一家の上に祝福あれ、わけても生れし京子の上に幸多かれ」と日記に記し、妻を深く愛している、まだ見ぬ我が児を強く愛していると書いた。

だが、父として、一家の長として生きていこうと覚悟した啄木を、またも悲劇が襲う。三月五日、節子と京子が帰ってくる日の早朝、母の呼ぶ声に目覚めた啄木は、父の失踪を知らされる。一禎が法衣や仏書など身の回りのものを持って家を出たのだ。宝徳寺の問題が結局思うようにいかず一禎に職はない。啄木ががんばって働いても、俸給わずかに八円では一家を養うのが困難なことは目に見えている。ここに節子と京子が帰ってくればどうなるか。一禎は「口べらし」のために家を出たのだ。節子とは百日余の再会、生後六〇日余の京子には初めて会うという日に起きた、父の失踪。啄木は「一家は正に貧といふ悪魔の翼の下におしつけられて居るのだ。されば父上は、自分一人だけの糊口の方法もと、遂にこの仕末になったものであろう。予はかく思ふて泣いた。泣いた」

そこへ妻と娘が、義母のトキに伴われて帰ってきた。啄木は日記に書いた。「今初めて我児を抱いた此身の心はどうであらうか。二十二歳の春三月五日、父上が家出された其日に、予は生れて初めて、父の心といふものを知つた」

父の行先は、宗門の師で、母カツの兄でもある葛原対月《かつはらたいげつ》のいる青森の野辺地《のへぢ》に違いないので、そのことでの心配はしなかったが、啄木は泣いたあとで、暗澹たる気持ちに襲われた。父一禎は、もはや宝徳寺への復職を諦め、その途を自ら捨てたことになる。渋民で親子孫三代が相応に幸せな暮らしを送る可能性は、これで閉じられてしまった。残された一家が渋民に残る理由も、そのことによる利点も、生活の保証も、もうない。一家の漂流が始まる。

啄木は学年末に辞職、北海道に渡って新生活を始めようと決断した。四月一日に辞表を出すが、すぐには受理されず、思いとどまるよう忠告する人もいた。だが依然、校長との反目も続く。ここで啄木は高等科の生徒を巻き込んで校長排斥のストライキを決行、生徒に革命歌を歌わせたりした。またも村は大揺れとなり、結局、校長は転任、啄木は免職となった。

荒っぽいやり方で希望通り職を辞した啄木は、節子と京子を実家に向かわせ、母は、しばらく隣村の知人宅から父のいる青森の野辺地へ。自身は四〇年五月五日、妹の光子と二人で渡道し、妹は小樽の次姉山本トラのところへ行かせ、自分だけ函館に住むことになった。

はたらけど
はたらけど猶《なほ》わが生活《くらし》楽にならざり
ぢつと手を見る

石をもて追はるるごとく
ふるさとを出《い》でしかなしみ
消ゆる時なし

函館では文芸誌『紅苜蓿《べにまごやし》』を創刊した苜蓿社《ぼくしゅくしゃ》の青年たちに大歓迎を受けた。啄木はこの年一月一日の『紅苜蓿』創刊号に「公孫樹」「かりがね」「雪の夜」三篇の長詩を寄稿していた。『明星』に詩を発表していた松岡蕗堂からの依頼に応えたものだったが、あの『あこがれ』の天才詩人が函館にやって来て自分たちの仲間になるというので、同人たちは「鶏小屋に孔雀が舞い込んでくるようなものだ」とよろこんだ。啄木は懇請され、第六号から雑誌の主筆となった。またこの短い函館時代に、同人に刺激されて、『あこがれ』以後省みなかった歌を詠むようになった。

その後深く親交を結ぶ友人も得ることになったが、まずは仕事を探さなければならない。苜蓿社の仲間が函館商業会議所に一時的な仕事を見つけてくれたあと、六月、明治一五年創建、一一〇〇名超の生徒を擁する函館区立弥生尋常小学校の代用教員となる。俸給は渋民の五割増し一二円である。これでなんとかなるだろうと七月に妻子、八月に青森の野辺地まで行って母を連れてきた。光子もやって来て、青柳町一八番地での新しい暮らしが始まった。苜蓿社の仲間たちがよくしてくれるし、生活も安定して、希望に満ちた日々だった。啄木は、『紅苜蓿』の第八号を一〇〇頁以上の特別号に計画するなど、張り切っていた。

函館《はこだて》の青柳町《あをやぎちやう》こそかなしけれ
友の恋歌《こひうた》
矢ぐるまの花

しかし、一家五人の生活となると一二円の俸給では苦しいため、啄木は、八月一八日から小学校在籍のまま、月給一五円の函館日日新聞の遊軍記者となった。すぐに文壇、歌壇で評論を書いたりしたが、入社一週間目の八月二五日の夜、函館の町の三分の二が焼失する火災に遭遇。狂える大火に心を奪われた啄木は「大火は函館にとりて根本的の革命なりき」と、

「心の声のあらん限り快哉《かいさい》を絶叫」するが、翌朝、現実に戻れば、学校も新聞社も印刷所も焼けてしまっていた。生活や仕事の基盤があっという間に失われた。二七日の日記に啄木は書いている。

「函館毎日新聞社にやり置きし予の最初の小説『面影』と紅苜蓿第八冊原稿全部とは烏有に帰したり、雑誌は函館と共に死せる也、こゝ数年のうちこの地にありては再興の見込なし」

啄木の流浪の旅が始まる。札幌の北門新報社を経て、小樽日報の創業に一家も移住して参加するも、社内の内紛で年末に退社。生活は一挙に困窮する。明けて四一年の一月、釧路新聞に入社が決まり、単身で赴任する。ここでは編集長格の扱いで月給は二五円。詩歌の投稿を募集したり、政治評論も書く。二月から花柳界の話題を扱う「紅筆便り」を連載し、この頃から芸者の小奴との仲が深まるなど、啄木は三月《み》ほど酒と色に囲まれて好きなように生き、この間、小樽の家族への送金は一度だけという自堕落な日々を送った。

さすがにこれではいかんと思い直し、上京して創作活動を始めようと新聞社を退社し、四月五日釧路を後にする。いったん函館に戻り、苜蓿社の仲間で、その後の啄木の最大の援助者となり、のちに節子の妹ふき子と結婚して啄木の義弟となる宮崎郁雨（大四郎）の援《たす》けを受けて上京を決意。家族を小樽から再び函館に戻し、後事を郁雨に託して四月下旬に海路上京した。

与謝野鉄幹・晶子夫妻に再会し、故郷の先輩である金田一京助に経済的に助けられながら、一ヵ月で五作品三〇〇枚の原稿を書いた。だが、売り込みに失敗、いずれも評価されなかった。この間、森鷗外の観潮楼歌会に呼ばれたりと、華やかな一面がありながらも生活に困窮し、予定した文学生活の破綻から自殺を考えることもあった。そんな中で、にわかに歌興が湧き、三日で二四六首の歌を作り、鉄幹の『明星』に「石破集」として一一四首を発表している。一方で『明星』同人の紹介で東京毎日新聞に小説「鳥影」連載六〇回が決まり、どうにか食いつないでいた。そして翌四二年二月に、同郷の佐藤真一（北江）の世話で、朝日新聞社への入社が決まり、家族の上京を受けて、現在の住まいに落ち着いたのだった。

ちなみに啄木は、「鳥影」連載開始後まもなく、原稿料三〇円をもらった。上京後、初のまとまった収入である。歓喜した啄木は白秋から借りていた二円五〇銭のうち一円五〇銭を返し、溜まっていた下宿代二〇円を支払い、おまけに下宿の女中への心づくしだと二円も渡した。そして「借金というものは返せるものなんだなあ！　ハハハハハ……」と笑って金田一京助に言った。「借金を返すということは、良い気持ちのものだなあ！」と。このとき啄木は、小説が評価されず、『あこがれ』も、具体的な金銭にならなかったことなどころりと忘れ、借金は原稿が売れたら、その金で返すもの、そして自分の原稿なら、きっと売れる、本を出せばすぐに何百円も手に入ると思い込んだ。しかし、それ以後、借金は増えるばかりで、たまに金になっても、生活費や薬代などに消え、実際に返すことなど出来なかった。ただし本人は、返す気持ちはあるのだから、非難される筋合いではない、という態度を続け、宵越しの金は持たないといったふうな浪費癖も、直らなかった。

＊

この夜の、新しい文学の旗手と目されるふたりの記念すべき集いは、残念ながら、とても順調なものとはいえなかった。話は弾んだが、そこには、すっかり弱った啄木の姿があった。啄木の、横柄傲慢ともいわれる態度がほとんど見られなかったのには、その体調によるところもあった。前年暮れに会った時のことを、牧水は後に「僕が石川君の健全な姿及び声を見且つ聞いたのはこの短い間が最初でそして最後であった」と書いている。啄木が病み、母親のカツ、そして妻の節子まで病魔に見舞われる日が、すぐそこまで迫っていた。

ちょうど二年前、東京で一人暮らしだった啄木は日記（ローマ字日記）に「病気をしたい」と書いた。「この希望は、ながいこと予の頭にひそんでいる。病気！　人のいとうこの言葉は、予には故郷の山の名のようになつかしく聞こえる。――ああ、あらゆる責任を解除した自由の生活！」

朝日新聞に職は得たものの、函館からの母と妻子の上京を迫られ、一家での東京の生活に自信が持てず、あらゆる「束縛」から逃げたい当時の啄木にとって、病気や入院は、逃避先としては格好のものだった。時を経て、それが明日実現する。その先の大きな苦難の始まりであるのだが、この夜の啄木は、そうした不安を感じることはなく、体調とは裏腹に、むしろ軽い興奮状態にあった。

そこへ牧水の予期せぬ来訪である。誰かと話がしたかった啄木にとって、牧水はまたとない相手だった。明らかに弱った身体を無理に起こすと、明るい笑顔を作って、牧水を迎えたのだった。

やがて、牧水が「長くなりました」と辞去する際、節子が階段を降りて「喜之床」の表まで送ってきたので、牧水は「今夜はいきなり失礼しました。でも、天才詩人とゆっくり話が出来てよかった」と、いささか茶化したような言い方をした。すると節子が、にこりともせず、「はい、石川啄木は天才です。今夜はおいでいただきありがとうございました」と返した。幼い日に出会い、節子はすぐに啄木の才能を信じた。そして石川白蘋《はくひん》の雅号で投稿した歌「血に染めし歌をわが世のなごりにてさすらひここに野にさけぶ秋」が初めて『明星』に掲載された時、その頁をふたりでいつまでも眺めていたことが忘れられない。

節子の表情からは、どんなつらいことがあろうと啄木に付いて行き、支えていこうと決めた自分自身を信じているといった、強い気持ちが感じられた。一瞬、気圧された牧水は、言葉が出てこず、黙って頭を下げると帰途についた。

深夜の帰り路、三日月はとうに沈んで、満天の星空である。牧水は、いま啄木と話したいろいろなことを反芻しながら歩いたが、じつのところ、啄木のことより、ちょっと言葉を交わしただけの節子のことが気になり、節子のことを考えながら家路を急いだ。早く酒を飲みたい……。

節子は、まだずいぶん若いころに啄木と知り合って、周囲の心配を気にすることもなく一緒になり、貧乏暮らしにも耐えていると聞いていた。賢夫人というのであろうか、なにより夫啄木の才能を信じて、毫《ごう》も疑うところがない。お茶を出したり、ちょっと啄木の横に座ってみたりするだけの所作から、そのことが十分に感じ取れる。うらやましい……。まさか、あの床屋の二階に住むようになって百日余の頃に、上京後の生活苦、病気、そして姑カツとの折り合いの悪さから、節子が京子を連れて、ほぼ一月《ひと》間家出したことなど、牧水が知る由もない。

翌日、啄木は入院し、三日目に腹水を除く最初の手術を受け、以後、三月一五日まで、これまでの人生になかった、ある種、安穏な病院暮らしが続いた。見舞客も多く、手紙や原稿も書いた。節子はほぼ毎日、京子を連れて、来信やその日の新聞を届けに来た。だが、喫緊の腹膜炎が好転した裏で肺の病は着実に進行しており、病院でも発熱が続いた。肋膜の水も抜いたが、あまりいい結果には結びつかなかった。結局、啄木は退院後も肺結核による発熱に死ぬまで苦しめられることになった。

いっぽう牧水は、啄木を訪ねた翌日、日英舎二階の「創作社」に詩人の萩原朔太郎を迎えていた。朔太郎は北原白秋から紹介され、すでに『創作』に詩を発表してもいたが、牧水に会うのは初めてである。牧水から、「飲みますか」とお茶代わりの酒を出されて緊張がほぐれた。この頃、朔太郎は大いにハイカラぶって髪にパーマをかけていた。かたや「田舎者ムキ出しの牧水氏」は「妙な顔をして僕を不思議さうに眺めてゐた。僕の方でも牧水氏の……百姓然たる風貌に少しく面喰つた形であつたが、その中に話してみると、非常に親しみがある人物なので、すつかり打ち解けて懇意になつた」と朔太郎は書いている。

啄木に会い、朔太郎と話すなど、当代の人気歌人、詩人を擁して、牧水の『創作』は再出発したのである。

第二章　牧水の恋・小枝子

家出の件は知らず、夫の才能を絶対的に信じている節子に感動、それに反して自分の恋愛はなぜうまくいかなかったのか……。この日も、牧水は夕刻から酒を飲みはじめたのだが、どうにも気分が落ち着かない。俺はいまのままでいいのか、この先どうなってしまうのか。焦燥、乱酔の日をずっと繰り返している。原因はもちろん小枝子である。それにしても、なんという女なのか——。

園田小枝子との恋は、もう終わろうとしている。それは仕方がないけれど、足掛け五年も付き合ってきていながら、なぜそうなってしまったのか、小枝子は、俺のことをどう思っていたのか、いまだによく分からない。結婚したいと思っていた俺の気持ちは小枝子にも十分通じているはずだったし、俺の子を産んだというのに、小枝子の本心がどこにあるのか……。

牧水の懊悩は深かった。

初めて会ったのが三九年の夏、神戸でのことだった。夏休みの帰省に、牧水は神戸から宮崎の細島港への航路を利用した。細島と神戸・大阪とは昔から船での往来が盛んで、江戸時代には、日向・大隅・薩摩の諸藩は参勤交代にこの港を使っていた。その後も、陸路で福岡〜山口から山陽道を行くより早く、宮崎、鹿児島の人たちは、この海路をよく使った。

細島に帰り着いた牧水を、延岡中学からの友人で神戸高商に通っていた日高園助が待っていて、学生らしい恋愛相談が始まった。日高は、下宿の隣の赤坂家の娘カヨに恋慕し、本人同士は結婚したいと思っているのだが、赤坂の父親吉六《きちろく》に反対され悩んでいるという。親分肌で友達思いの牧水は、いきなり「分かった、おれに任せろ。いっしょに行こう」と言うと、いま乗ってきた船で折り返し神戸に向かった。日高を下宿に待たせ、赤坂家に押しかけると、吉六に面談を申し込んだ。

いささか突飛な日高称賛の論陣が成功するはずもない。吉六は呆れ返り、「娘のことは私たち夫婦がよく考えますから」とやんわり拒否。それでも、わざわざやって来た早稲田の学生さんということで、「まあ、お茶でも飲んでお帰り下さい」と席を立ち、その時、赤坂家に寄寓していた姪の小枝子に「座敷の方にお茶を。しばらくお相手をしてあげなさい」と言い残して別室へ消えた。美しい「運命の女」園田小枝子と牧水の出会いである。

軽い結核で、広島の鞆《とも》町に夫園田直三郎と二人の女児を残し、須磨の療養所に入っていた小枝子は、赤坂家によく顔を出していた。カヨとも仲がよく、日高との恋の相談にのったりもしていた。複雑な生まれ育ちの小枝子は、学歴らしいものもなく、早くに嫁に出されたが、鞆港で鉄工所「鍬良」を営む夫に従って、働き者の別嬪さんと周りの評判もよかった。たまたま胸を病み、近くに親戚がいるのでいいだろうと、須磨の療養所に入っていたのだ。

このとき牧水は、小枝子をずいぶんきれいなひとだと思った。ふっくらとした面長で、鼻筋が通り、目尻がやや上がった切れ長の意思的な眼と眉、ちょっと淋し気な全体の印象を形のいい若々しい唇が中和させている。

たがいに何を話したらいいか分からず、牧水は簡単な自己紹介をした。名前と早稲田の学生で歌を詠んでいること。小枝子は「園田小枝子といいます。ここは親戚の家で、そのうち、私、東京へ行きたいと思っているんです。勉強したいことがあって」と言った。歌については話は広がらなかった。牧水が「そうですか、その時は、いろいろご案内しましょう」と返して、短い出会いは終わった。小枝子が自分より年上で、二人の子どもがいる人妻であることなど、もちろん話題にもならず、牧水はそのことを、長い間知らなかった。

翌四〇年の春、小枝子は健康を取り戻すと、帰郷せず、上京しての自活を決意する。実質、夫と子どもを捨てたのだが、離婚したわけではない。簪《かんざし》の意匠などを勉強したいという。カヨからこっそりそのことを聞かされて、ここで日高の出番である。「あなたが会った若山は、とても親切で信頼できる男だから、彼を頼ったらいい」と、あらためて牧水への紹介状を書いた。

小枝子は東京に下宿していた赤坂家の三男、カヨの弟の庸三と同じ本郷の春木館に住むことになり上京、しばらくして牧水を訪ねた。牧水は、紹介状を読むまでもなく、半年前の出会いをよく覚えており、こんな美しい女性が自分を頼ってくれることに晴れがましさを覚えた。何度か会ったあと、六月一九日には二人で武蔵野を歩く約束をして、そのことを、親友鈴木財蔵あての一三日の手紙に書いた。

「十九日、晴れればと祈つてる。そしたら僕は一日野を彷徨うつもりだ、一人ではない、が、恋でもない、美人でもない、ただ憐れな運命の裡に住んで居るあはれな女性だと想つててくれたまへ、麦黄ばみ水無月の雲の白く重く垂れかかつた平野をどんな姿で歩くだらう、自ら想ふに忍びない。繰返す、恋では決して無い、……」

語るに落ちる内容である。うれしくて仕方がないのだ。

当日、牧水は携行するものを変えた。いつもの「野めぐり」では酒の四合瓶で、しばらく歩き、疲れては路傍の石や土手に坐って飲む、という慣わしだったが、この日は『独歩集』

を懐中にし、緑陰や丘の上や小川のほとりで、小枝子に『武蔵野』を読んで聞かせた。文学に素養のない小枝子にとっては、内容は分からずとも、牧水の美声は心地よく、柔らかな微笑を浮かべて聞いていた。

この三日後、牧水は帰省の旅に出る。京都に用事のある土岐湖友と、同郷で同宿の友人直井敬三との三人連れである。湖友と京都で別れ、神戸から海路で行く直井を送り、牧水は中国路を歩き、九州に渡ることにした。姫路出身の友人有本芳水に「瀬戸内海と中国山脈の間を走る山陽道の美を知らずして山紫水明を語るなかれ」と言われたことによるが、小枝子が生まれたという広島を見ておきたいという気持ちもあった。

恋人のうまれしといふ安芸《あき》の国の山の夕日を見て海を過ぐ

もう、この時点で、小枝子を「恋人」と呼んでいる。この前後、内田もよ、日高秀子と、また後には石井貞子と微妙な関係になるが、世間に公表することにもなる自作の歌に牧水が「恋人」として歌い込んだのは小枝子だけである。その後、「わが小枝子」と、名前を明らかにしたり、結婚もしていないのに「妻」と呼ぶ歌もいくつか詠んでいる。牧水は本気で小枝子に惚れてしまったのだ。ただ財蔵以外は誰にも小枝子のことを話していないので、長く、牧水の「恋人」「妻」「小枝子」は、仲間たちの間でも謎とされていた。

この旅で、牧水の代表歌も生まれた。

幾山河越えさり行かば寂しさの終《は》てなむ国ぞ今日《けふ》も旅ゆく
けふもまたこころの鉦《かね》をうち鳴《なら》しうち鳴しつつあくがれて行く

九月に入って上京した牧水は、まもなく牛込原町の専念寺の離れに引っ越した。直井敬三がまた同宿である。小枝子が専念寺を訪ねることが多くなってきた。小枝子の来訪には庸三もいっしょのことがあり、牧水はなけなしの財布から豚カツを奢《おご》ってやるなど、この「いとこたち」によくしてやった。そうして小枝子との仲が深まるだけでなく、庸三も牧水を尊敬するような間柄になっていく。やがて牧水は美しく儚《はかな》げな面影を宿す小枝子に熱烈な恋心を抱くようになるが、小枝子の年齢も、人妻で二人の子の母であることなど知る由もない。小枝子の来歴など考えてもみない。いまここにいる小枝子がほしいのだ。

小枝子は、牧水の気持ちはうれしいものの、自分の立場を考えれば、おいそれと恋人になることなど出来ない。未練はないが、今すぐに夫と離婚することも考えてはいない。牧水は、新進の歌人として名を挙げつつあるといっても、まだ学生の身分なのだ。牧水に随いて行くことには躊躇せざるを得ない。複雑な事情で結婚した夫からは受けたことのない熱い愛を捧げてもらってはいるが、この関係がどういうことになるのか、小枝子は小枝子なりに大いに悩んでいる。いまさら「じつは……」と打ち明けるには、もう牧水の恋心が熱しすぎている。道ならぬ恋に逡巡し、それでもやさしい牧水と居る時間は心やすらぐために、小枝子も牧水から離れ難くなっている。

そんなこととは知らぬ牧水は、小枝子の言動に一喜一憂し、煮え切らない態度に落胆したり嘆いたりするのだが、そうしたことを、親友の財蔵だけに、多くの手紙で訴え、哀しい恋の在りようを報告していた。

明治四〇年の晩秋、財蔵あての手紙に「僕は実際近頃は困っている、いかにも精神状態が変でね、無闇に激昂してみたり悲しんで見たり……殆ど学校などにも出ずに居る」「僕は近来殆ど狂人である、何事もすべて僕の目にはつらく悲しく見ゆる、この生をつなぐことの苦痛は実に無上である、さればとて死ぬことも出来ぬ、僕は毎日物をもせずに狂って居る」と、恋に悩むとは言わないものの、苦しい胸の裡を明かしている。

だが、このすぐあと、年末に、牧水は小枝子を房州根本海岸への小旅行に誘う。安房白浜の、見晴るかす太平洋の大海原を眼前にした、奇岩の多い海辺の保養地である。いつも、専念寺の離れ、四畳半二間の牧水の自室や、散歩に出た武蔵野の樹陰に佇んで話をしたりしていたが、清教徒的とも言われた牧水も、自身の若い肉体が求める声を、いつまでも無視することは出来ない。小枝子を抱きたい。だが、真剣な牧水の誘いにも、小枝子はなかなかウンと言わない。根本へ行けば、自分と牧水は、もう引き返せない関係になるに違いない。逡巡する小枝子に、「庸三君もいっしょならどうです?」と、牧水が意外な提案をした。とうとう断わりきれずに小枝子も首を縦に振る。

一二月二七日から、翌四一年の正月まで一〇日ほどを根本海岸で過ごし、その間、気をきかせた庸三が「今日は一日海にいます」と姿を消した時間に、牧水はやっと小枝子を抱いた。何度も何度も……。

なにものにも譬《たと》えようのないよろこびで、この時、第一歌集『海の声』に収められる多くの絶唱が生まれた。この時は、のちに第三歌集『別離』の詞書に書いたように、まさに「女ありき、われと共に安房の渚に渡りぬ。われその傍らにありて夜も昼も断えず歌ふ」という状態だったのである。

海哀《かな》し山またかなし酔ひ痴れし恋のひとみにあめつちもなし
白鳥《しらとり》は哀《かな》しからずや空の青海のあをにも染まずただよふ
ああ接吻《くちづけ》海そのままに日は行かず鳥翔《ま》ひながら死《う》せはてよいま
山を見よ山に日は照る海を見よ海に日は照るいざ脣《くち》を君

房州から帰って二月《ふた》ほど経った頃、歌集を出さないかという思わぬ話があり、それは結果として、ほぼ自費出版の『海の声』となるのだが、四月二〇日頃、編集を済ませた牧水は、二五日、武蔵野の百草山に小枝子を帯同した。

山はいま遅き桜のちるころをわれら手とりて木の間あゆめり
狭《さ》みどりのうすき衣をうち着せむくちづけはてて夢見るひとに

牧水と小枝子の、いや牧水にとっての、最も幸せな一時期である。そして、百草山から帰った直後の歌では、牧水は小枝子を妻と呼んでいる。

樹々《きぎ》の間に白雲見ゆる梅雨晴の照る日の庭に妻は花植う
わが妻はつひにうるはし夏たてば白き衣《きぬ》きてやや痩せてけり

その頃、身をよじるほどの恋心の渦の中にいて、牧水は財蔵に手紙を書いた。財蔵は夏には東大生となって上京し、以後は一緒に新しい雑誌の創刊計画などに協力してくれたのだが、当時はまだ鹿児島の高校にいた。

延岡中学の級友で共に回覧文学誌『曙』を作っていた一番の親友だ。牧水は計二六四通の手紙を書き、「出来るなら僕の手紙をば破らずにとつておいて呉れないか、僕の日記である」というほど信頼しており、東京では誰にも小枝子のことを話さなかったが、財蔵だけには自分の「ラブ」について詳しく書いて、ある時は高揚する気持ちを隠すことなく、また多くは果てしのない恋の悩みを打ち明けていた。

「僕は君或る一人の女を有《も》つて居る、その女をいま自由にして居る、またされて居る、恋というふものだそうだ、こんな状態にある両個男女間の関係を、……僕は君、これは眞面目な話だが、もういつそのこと結婚して了はうかと思ふ、……一言を附す、女は極めて平凡の方なり、然しまた加へて言ふ、われらはお互ひに惚れた仲なりとわれ見る」

やっと結ばれたのに、それでも小枝子の「本心」が見えず、相思相愛であると書けない牧水は、かなしく「われ見る」と書いた。それでも、牧水は小枝子と結婚したい、結婚できると信じていた。

＊

啄木は、牧水が訪ねてきた翌日の四四年二月四日から三月一五日まで、四〇日ほど入院し、退院してからも、ずっと横になっていることが多くなった。ほぼ毎日、七度八度と熱が出て、気分がすぐれる時がない。本人は気づいていないが、肺炎の症状が始まっている。

そんなある日、牧水がぶらりとやってきた。手ぶらだが、啄木が気分よく喋ることが出来そうな話題を考えてきていた。

「石川君、鷗外さんのところで歌会をやっていたことは僕も知っているけれど、どんな会だったんだろう。君は何度も呼ばれて行ったことがあるんだろ。その時の様子など、教えてくれないかな」

明治四〇年三月から四三年四月までの三年間に計二六回、毎月第一土曜日の夕方から催された、森鷗外主催の「観潮楼歌会」のことである。鷗外は、当時、歌壇で対立していた『明星』派と『アララギ』派を融和させ、もって「国風を新興」させようと考え、まず『明星』の与謝野鉄幹、『アララギ』の伊藤左千夫、中間的な位置に居た佐々木信綱を招き、この会を始めたが、次第に啄木や白秋、斎藤茂吉など新進の歌人たちにも声をかけ、のべ二一人が参加した。鉄幹とともに招かれて会に参加した啄木や白秋とちがい、牧水は招かれたことがなかった。まだ宮崎にいた一〇代後半には、与謝野夫妻の『明星』や晶子の『乱れ髪』に少なからぬ影響を受けた牧水だが、早稲田時代にはむしろ『明星』に批判的な立場の前田夕暮や三木露風などと「車前草社《しゃぜんそうしゃ》」に加わっており、『アララギ』派とも違っていた。そうしたことからか、鷗外の歌会とは無縁だった。

「いやあ、とてもいい会でね」

啄木は、つと半身を起こすと、うれしそうに鷗外邸での歌会のことを話しだした。

「僕はね、四一年の四月末に単身上京し、すぐに鉄幹さん晶子さんに会いに行った。六年前、一七の時に東京新詩社の会合に初めて出て以来、大事にされ、なにかと目をかけてもらっていたからね」。自分からそう言ってもいやらしく聞こえないのが、啄木の啄木たるところである。

その翌々日、再び夫妻を訪れると、森鷗外から、新詩社気付けで啄木に「観潮楼歌会」への招待状が届いたのだという。招待状はすべて鷗外のご母堂の筆だと聞いた。「五月二日、鷗外宅（観潮楼）で歌会を催すので、よろしければ出席されたし」という内容である。おそらく鉄幹がとりなしてくれたのに違いない。

「森先生に会うのは初めてで、その日は新詩社から人力で、鉄幹さんと二人で行ったよ」

その日の参加者は、佐々木信綱、伊藤左千夫、吉井勇、北原白秋、平野万里《ばんり》、そして鉄幹と啄木。これに鷗外が加わり、八人の会であった。

啄木は、それぞれ名前は知ってはいたが、新詩社の新年会で知り合った平野万里以外は初対面である。白秋、万里、勇、啄木がほぼ同年代、鉄幹、信綱とは一〇歳以上、左千夫、鷗外とは二〇歳以上離れている。この日の意気盛んな若い四人は、たまたま『明星』系であったが、錚々《そうそう》たる先輩歌人らと同席しても、誰も臆するところがなかった。

会は、決められた五つの題それぞれに合わせて作歌し、たがいに選んで点を争うやり方であった。この夜の五題は「角」「逃ぐ」「とる」「壁」「鳴」。各自の点数は、鷗外一五点、万里一四点、鉄幹、勇、啄木が一二点、白秋七点、信綱五点、左千夫四点だった。

「会ではお膳が出てね、洋食のご馳走でおいしかった。ひとつ小さなお膳があって、それは先生のお嬢さんの茉莉《まり》さんのものだった。もちろん一緒に食べたよ。茉莉さんも森先生もにこにこしてたなあ」

八時頃から採点、合評。九時半に散会となったが、帰り際、啄木は鷗外から「石川君の詩を最も愛読したことがあったよ」と声をかけられたという。

「若山君、森先生がそう言ってくれたんだよ。お世辞なんかじゃなかった。正直、飛び上がりそうにうれしかったよ」

なるほど、会の様子も啄木のよろこびもよく分かった。本を出して評判がいいのもうれしいが、そうして尊敬する人から褒めてもらえるのは、きっと格別のことだろうな……牧水がひとり納得していると、「エヘン」とひとつ咳払いをした啄木が、「自慢たらしいけれど、僕の歌はいつも点数がよくてね……」と言いながら机のまわりを探して、一枚の紙を差し出した。「観潮樓歌會作　四二年一月九日」として五首が認《したた》められている。

「去年の一月、斎藤茂吉君が初めて参加した時の僕の歌だよ。下にあるのがお題」

あの時に君もし我に物言はば或は君を殺したるべし　（或）
ひとならびをよげる如き家々の高低の軒に午後の日舞へり　（舞）
おそろしきものを迎ふる束の間の心がまへに月半ばへぬ　（構）
吝むべきものにことかき口づけを吝む女はおとしめてよし　（吝）
わが母の小さき耳の根の痣の消ゆるをまちて七つになりき　（消）

読んで牧水は驚いた。歌の良否はさておき、およそ詩情には遠い漢字一文字から、それぞれに違う状況場面を、たぶん即興で詠み分けている。はたして自分に出来るだろうか、いや出来ない。歌は酒と同じだ。仲間とわいわい飲む酒は、それなりにうまいが、それは付き合いがたのしいからで、ほんとの酒はひとりでじっくりと飲み味わうものだ。俺の歌は俺の酒と同じだ、ひとりで詠むのでなければ……。

「この日は、森先生、与謝野氏、吉井（勇）君、伊藤（左千夫）君、千樫《ちかし》（古泉千樫）君、初めての斎藤茂吉君、それから平野君、上田敏氏、遅れて太田（正雄＝木下杢太郎）君の九人と僕の一〇人だったんだが、結果は僕が一九点、伊藤君が一八点、森先生、与謝野さんと吉井君が一四点だったんだよ。一〇時に散会したら、外は雪が薄く積もっていた。北の国がなつかしくなったよ」

啄木の歌には独特の色と匂いがあり、彼の作とすぐに分かる。

「石川君、ほんとに君は天才だね」。牧水がそう言うと、啄木は少年のような笑顔で頷き、

「若山君、頼みがあるんだが、この五つの僕の歌を、朗詠してくれないかな。君はいい声をしているし、自分の歌も、何度も朗唱すると言ってたじゃないかい」

「いや、それはなかなか……」と断りかけた牧水に、啄木がさらにせがんだ。

病人の希望に、「それなら……」と牧水もその気になって、居住まいを正すと、朗詠を始めた。ところが三首目にかかるところで、啄木が、それまで閉じていた目を開き、「若山君、ありがとう、もういいよ。君が言う通り、僕の歌は音に乗りにくいことがよく分かった。もし歌会で、回し読みでなく、誰かの朗詠で点数を付けたら、僕の点は低かったかもしれないね」と、どこか納得したふうに言った。

歌会について、さらに二、三の話をしたあと、興が乗ってきたのか、啄木が含み笑いをしながら続けた。

「最初の歌会のとき、そのあとが、またおもしろかったんだよ。僕ら若い連中は、みんなで平野君のところに泊まった。そして夜中の二時半くらいまで、蒲団のなかで、ずっと女の話さ」

おやおや、変な展開になってきたな、と牧水がおもしろがるのを見て、啄木は、ちょっと

声をひそめた。ここからは男の子の話である。

いろいろ打ち明け話などしてみると、四人のうち、いちばんの遊び人が伯爵家の御曹司で東京生まれの吉井勇、次が啄木ということが分かってきた。万里はそれなりで、いちばん初心なのが白秋であった。からかわれながら、熱心な聞き役になった。

翌朝は八時起床、一〇時に万里がパンを出してくれた。ちょっと遅い朝食だったが、みんなでパンをかじった。埼玉生まれだが五歳から東京育ちの万里はおしゃれである。食後、その万里が一冊の本を棚から出してきた。

「それがね若山君、『ツルーラブ』というけしからんアメリカの春情本でね。とても口に出しては言えないような男女のあのことを書いたものなんだ。みな興味津々で回し読みしたんだよ……なんだかおかしかったけれどね」

具体的な内容に触れることには、さすがに遠慮した啄木は、一転して、

「それにしてもおかしいじゃないか。平野君も北原君吉井君も、そんな肉感的な、いわゆる自然主義的な表現をよしとしない、自然主義を罵倒する側の人間であるはずなのに、そこでしゃべっていることは、平気でまったく自然主義的なのだよ、だいたい平野がよくないんだ」

牧水は話の展開についていけず、ただ笑っているしかなかったが、若い男たちの他愛のな

い猥談かと思っていたら、後に仲違いした平野万里の悪口になりそうだった。あわてて、

「石川君は、そういう本は初めて見たのですか」と口を挟んだ。

「うん、その時ね。まあ、下品だけど、男にとってはおもしろいし、世界中にあるものだからね。日本のものは、けっこう言葉の勉強にもなるんだよ」

啄木はそう答えると、四一年九月に親友の金田一京助と共に、本郷区菊坂町の学生下宿、赤心館から森川町の蓋平館別荘に引っ越した頃の話をした。蓋平館の部屋は三階の九番。三畳半しかなく「三階の穴」と呼ばれた小部屋だったが、そこで啄木はよく書き、よく読んだ。貸本屋が持ってくる春本も何冊も読み、たとえば『花のおぼろ夜』と『なさけのトラの巻』を借り、ローマ字で『花のおぼろ夜』を書き写したりした。

それ以前にも、一緒に観潮楼の歌会に行こうと吉井勇が誘いにきたところへ、ちょうど貸本屋が顔を出したことがあった。さりげなく「石川さん、頼まれていた、これ……」と上中下三巻本の『こころの竹』を差し出すと、啄木も「ああ」と、なんでもないように受け取ったが、それは江戸期の女好庵主人と称する著者の『春情心の多気』だった。歌会から一〇時頃帰ってくると、啄木は一気に三巻を読み切った。

「若山君、創作の興と性欲は、ずいぶん近いところにあると思わないかい。詩を書く、歌を詠む……性の発出と同じだという気がするんだよ」

「そう、それはそうなんだ。つまりは生きてるということだから……。あ、いや、ちょっときれいにまとめ過ぎだろうか」という牧水の答えに、二人は声を立てて笑った。

だが、鷗外に愛され、集まってきた当代一流の歌人たちにその才を称揚されながら、やがて啄木の足は観潮楼歌会から遠のいた。朝日新聞に職を得て、勤め人になったことが大きいが、もうひとつ、平野万里に会いたくないためでもあった。

与謝野鉄幹・晶子夫妻の『明星』から、四一年一月に吉井勇、北原白秋、木下杢太郎など七人が鉄幹の編集方針に異を唱えて脱退し、これを契機に『明星』は同年一一月の一〇〇号で終刊、新詩社も解散となった。この事件に乗じて、万里は、新しい雑誌を出そうと晶子に内約、『明星』に代わる『スバル』が森鷗外の後押しと、弁護士でもある平出修が発行費用を出すことで創刊され、平野万里、吉井勇に啄木を加えた三人の共同編集で刊行されることとなった。だが、その実、万里が実権を握りたいことは明白で、啄木は、万里のいう「共同編集」には基本的に反対であり、晶子にもはっきりと自分の意見を言った。

「晶子さんと楽しく語つた。新詩社解散のこと、その後継雑誌について、少し乱暴と思ふ程自分の思ふ通りの異見も言つた。女史は親身の姉のような気がする」

結局、論争には啄木が勝利し、一二号までは「編集兼発行人」として自分の名を使うことは認めたが、もうそれ以上に関わる気持ちが薄れ、『スバル』は、途中から万里に「くれて」やった。

そんな中で、鷗外の歌会に行くと万里がいる。昔、鷗外と前妻との長男於菟《おと》が生まれたすぐあとに鷗外夫婦は離婚し、於菟は五歳まで平野の家で五歳年上の万里と兄弟のように育てられたという事情があり、万里は鷗外から「家庭の準員として遇す」と言われる立場で、歌会でも大きな顔をしていた。啄木は、それも気に入らない。以前はよく付き合った仲だったが、疎遠になっても、別に困ることもない。万里との「喧嘩」には勝ったつもりで、自信を取り戻した啄木だったが、文学以前の生活に窮し、次第に歌会に参加する余裕を失っていった。

歌会の話は、そこで終わり、この夜は、高い熱もなく、気分のいい啄木が、新しい話題を振った。

「若山君、教師をしたことは、子どもたちを教えたことなどはあるかい」

「いや、とんでもない。僕はひとにものを教えたり、ましてや導いたりなど出来ない人間だよ。だから勝手に自分だけの歌を詠んでいる……」

だが啄木は、もう牧水の言葉を聞いてはいなかった。

「渋民で代用教員をしていた頃が懐かしくてね。こうして文学者にならなければ、僕は幸せな教師でいられたはずなんだ。若山君、子どもたちはそりゃあ可愛いものでね。ほんとうに無垢な存在なんだ。短い間だったけれど、教師は僕の天職だとも思った。代用教員だったけれど、僕は日本一の代用教員だったと言えるよ」

牧水は信じられなかった。絢爛たる言葉を操る詩人、シニカルな歌を詠む孤高の歌人・啄木の印象とは、あまりに違うではないか。

だが啄木は、遠い目をして、昔を語りはじめる。

明治三九年四月一三日、二〇歳の石川一は、渋民村役場に出向き、一一日付の「渋民尋常高等小学校尋常科代用教員を命ず。但し月給八円支給」という辞令を受け、翌一四日の土曜日から教壇に立った。受け持ちは尋常科二年生である。本当は高等科を受け持ち、一〇代前半の生徒たちに、「自分の心の呼吸を故山の子弟の胸奥に吹き込みたい」と思っていたので、その点では不満足であったが、「彼等の前に立つた時の自分の心は、怪しくも抑へがたなき一種の感激に充たされるのであつた。神の如く無垢なる五十幾名の少年少女の心は、これから全たく我が一上一下する鞭に繋がれるのだなと思ふと、自分はさながら聖《たふと》いものの前に出た時の敬虔なる顫動《せんどう》を、全身の脈管に波打たした」と日記に書いた。

処女詩集『あこがれ』を曲がりなりにも上梓し、節子との結婚を、これもなんとか果たし、追放された父も赦免されて帰村したこの一時期、啄木は自分に最も合った職を得て、意気軒昂であった。張り切って高等科の生徒のうち希望者を集め、放課後の課外授業として英語を教えたりもした。日記に「余は余の理想の教育者である。余は日本一の代用教員である」と書き、「自分は、一切の不平、憂思、不快から超脱した一新境地を発見した。何の地ぞや、曰く、神聖なる教壇、乃ちこれである」と、一種安心立命の境地にあった。

当時を思い出して語る啄木に、「石川君、ではなぜ、教育者を続けなかったのですか。子どもたちを教えながら、文学の道を行くことも、じゅうぶん可能だっただろうに」と牧水が問うた。

すると、薄く笑いながら、「おとな。大人が駄目なんだ。権力と金の亡者ばかりで、子どもたちのことなど考えてやしない……。そんな連中と僕は戦うよ。でも、気がつくと子どもたちを巻き込んでしまっている。これがいけない。自分の子ならまだしも、みんな他人様の子だからね。その頃、京子が生まれ、僕も〝お父さん〟になって、やっと少しは世の親の考えも分かるようになった」

牧水に語りながら、幸せだった当時を思い出した啄木は、娘・京子の誕生がどんなにうれしかったか、母となった節子をいかに愛しく思ったか、臆面もなく語り続けた。隣室の節子本人や老父母たちに聞こえるのではないかと、牧水のほうがはらはらする始末だった。

牧水は思った。してみると、一年ほど前の長男・真一の死が、啄木にとっていかに悲しくつらいことであったか。

　また思った。自分の子を孕《はら》んだと小枝子に告げられたとき、俺はそれを喜ぶことが出来なかった。正直、そういう事態を考えていなかったので困惑した。不意打ちを喰らった気がした。また小枝子との恋自体に終わりが見えてきており、いまとなっては子どもの誕生など、禍事《まがこと》としか思えなかった。子ども好きの啄木には、自分の恋の話は出来ないのだ。牧水は、小枝子との、この数年のことを思い返していた。

　三九年の夏に小枝子に出会い、翌春、小枝子が上京すると、二度三度会ううちに、激しく恋してしまった。年末に房州根本海岸へいっしょに旅し、やっと結ばれた。そのよろこびを多くの歌に詠み、第一歌集『海の声』が生まれた。

　だが、歌集が出版されるより早く、牧水は小枝子が人妻であり、子どももいることを知った。庸三から「忠告」めいた話として聞かされた。熱くなりすぎた牧水を心配してのこととも見えたが、庸三に別の思惑があってのことかもしれなかった。

　まさか……、思ってもみないことだった。そんな人が単身上京するなどとは考えられない。最初は嘘か冗談かと思ったが、抱かれてもどこかで自分を抑えようとする小枝子の気持ちと身体の在りように、それなら納得もいく。迂闊だった。自分はどうすればいいのか。小枝子の上京は簪の学校へ通うためと聞いたが、ならば夫や家庭を捨てたのか。それならそれで俺はかまわない。裏切られた、騙されたとは露ほども思わない。自分が勝手に好きになったのだから、後悔もしない。だが「姦通罪」で訴えられでもすれば終わりだから、このまま結婚まで突き進むしかない。だが、肝心の小枝子はどう思っているのか。故郷のことなどに絡めて、遠まわしに聞いてみても、いつもはぐらかされるばかりだったし、それ以上のことは怖くて聞けなかった。

懊悩は深かった。この恋は許されぬものなのだ。親にも説明できない。いや、世間に知れたら、この先、歌人、文学者として生きていくことが難しくなるかもしれない。だが、そう思うと、逆に小枝子への想いは募った。

制約の多い恋ほど熱くなる。根本海岸で結ばれて一年後の四一年の暮れ、牧水は小枝子と暮らす家を牛込区若松町に借り、婆やも雇った。共に暮らすことで、小枝子が離婚して自分との人生を選んでくれるように仕向けるつもりだった。だが、小枝子は首を縦に振らない。

牧水は四二年の一月末から、ひとりで半月ほど南房州布良《めら》海岸に、小枝子との恋を振り返り、この先のことを考える旅に出た。この旅で窪田空穂《うつぼ》門下の女流歌人で美しい未亡人の石井貞子に会った。貞子は布良からそう遠くない北条にいて、牧水は二、三度会って魅かれ、恋文らしき、恋の悩みを訴える熱烈な手紙を書いたりしたが、再婚を控えていた貞子とは、それ以上の関係にはならなかった。

布良の旅から得るものはなかった。小枝子との関係は好転せず、健康もすぐれず、なによりも金がない。手許に残っていた『海の声』を一冊八銭で古本屋に売り払い、婆やが「旦那様、なんぼなんでもそれはひどい」と言って泣いた。

その後、牧水は三月半ばには、鶴巻町の下宿八雲館に移った。未練はあるが、もう小枝子との同居は諦めた。ところがその夏、小枝子の妊娠が分かったのだ。牧水はうろたえた。どうすればいいのか、相談する相手もいない。頭の隅には、これで離れかけた小枝子が自分と結婚する気になるかもしれないという思いも浮かんだが、貧困病苦のただ中で新しい事態に対処できる余裕がない。それ以前に、小枝子の腹の子は、もちろん自分の子のはずだと思ってはみても、なにか釈然としないものが咽喉もとに引っかかっている。これをどうすればいいのか。

上京以来、小枝子は庸三と同じ下宿の隣室に住んでいる。ふたりは仲がよく、牧水をいっしょに訪ねてくることも多かった。本来なら邪魔な存在だが、小枝子がまるで弟のように大事にしているので、牧水も庸三を邪険には出来なかった。牧水が初めて小枝子を抱いた根本海岸にも一緒に行き、庸三は、多分、すべてを飲み込んでいるはずだった。

牧水は小枝子を我がものにしたつもりだったが、恋は進展せず、そうなると、三人の不思議な関係から、どこかで小枝子と庸三が抱き合っていたかもしれないという疑念が沸き起こり、それは日増しに大きくなっていく。小枝子が宿した子どもは、ほんとうに俺の子なのか――考えると気が狂いそうになる。どうすればいいのか。酒にたよるしかない。

牧水はそれでも歌を詠み続け、六月一九日から第二歌集『独り歌へる』の編集のため、思い出の百草山に一人で行き、七月半ばまで滞在した。帰京後、早稲田以来の友人、安成貞雄の世話で中央新聞社社会部の記者となる。当面、経済的に安心できる。もしかすると、正業に就いたことで小枝子が考え直してくれるかもしれないという淡い期待もあった。だが、その年の暮れには退職してしまう。

そこへ、願ってもない僥倖が訪れる。東雲堂の若き西村陽吉社長から、新しい文芸雑誌を出したいので、その編集を引き受けてくれという依頼である。西村は、小径と号して自分でも歌を詠んだり小説を書いたりしていたが、牧水の歌に感激し、ぜひ一緒に仕事をしたいというのだ。

ついに運が向いてきた――そう思った牧水は、この雑誌『創作』の編集に全力を傾ける。創刊まで三カ月という慌ただしさだ。

明けて四三年の一月には名古屋熱田の「八少女会」から第二歌集『独り歌へる』が刊行された。内容は第一歌集と違い、多くは失恋の歌で、牧水は当初、『みづから弔ふ歌』という書名を考えていたくらいであった。

恋といふうるはしき名にみづからを欺くことにやゝつかれ来ぬ
憫《あは》れまれあはれむといふあさましき恋の終りに近づきしかな
逃《のが》れゆく女を追へる大たはけわれぞと知りて眼眩《めくら》むごとし
山奥《やまおく》にひとり獣《けもの》の死ぬるよりさびしからずや恋の終りは

この本は、わずか二〇〇〇という発行部数だったため、牧水は落胆したが、それならと『創作』の編集に力を注いだ。そこへ、出産のため房州にいた小枝子から「女児誕生」のしらせがきた。雪の日だったから「雪子」と名付けたという。だが、牧水が雪子を見ることはない。そのまま里子に出されたのだ。養育費を年に何度か送るという約束になっているという。「父親」である以上、逃げられない。牧水に現実感はないが、この事態を否定することも出来ない。あの燃えるような恋の結末がこうなることは、もちろん予想できたことだ。迂闊と言えば迂闊だが、そこまで追い込まれたら、小枝子も覚悟して自分の妻になるかもしれない……なんとなくそう考えてしまっていた。馬鹿だ、俺は大馬鹿だ。結婚も出来ずに「不義の子」を持ったと、父や母にどう報告するんだ。いや、出来ない。ああ、こんな馬鹿は生きている価値がない――この時『創作』の編集という仕事があって、牧水はかろうじて正気を保つことが出来た。

三月に発行された雑誌『創作』は、華々しかった。錚々たる歌人、詩人、小説家、評論家の作品が並んだ。尾上柴舟、金子薫園、窪田空穂、前田夕暮、北原白秋、太田水穂《みずほ》、相馬御《ぎょ》風《ふう》、佐藤緑葉、土岐哀果、若山牧水……。

この新雑誌は、文壇に新しい風を巻き起こし、熱狂的な支持を得た。第二号には与謝野寛、吉井勇、岩野泡鳴、蒲原有明なども寄稿、第三号で与謝野晶子、石川啄木も加わった。

この間に、四月、牧水の第三歌集『別離』が東雲堂から出版された。ほとんど読まれていなかった『海の声』『独り歌へる』を合わせ、新作を加えての一〇〇四首を一冊にしたもので、これが、三月に出た前田夕暮の『収穫』と合わせて大評判となり、歌壇に「牧水・夕暮時代」が訪れた。

『創作』の編集者として、また『別離』の歌人として、牧水にしてみれば「我が世の春」と言いたいところだが、その実生活は違った。

小枝子との恋は終わろうとしている。ところが子どもが生まれて、その養育の責任を問われている。しかも自分の子だという確信もない。こんな状態では仕事が出来ないと西村社長に訴える手紙を書くが、もちろん小枝子のことも、悲恋が原因であることも書かないから、西村にとっては、訳がわからない。

「……時々、僕といふものが、あらゆるものに離れて、たつた一つ、手もなく足もなく、真つくらくして存在してゐるのだとおもふと、五体の骨が身ぶるひする、寂しいぢアないか、僕の心はいまどつこにも寄りつく所がない……」

この頃牧水は、次の第四歌集『路上』に収載される歌を詠んでいるが、酒の歌さえも暗い。

夕まぐれ酒の匂ふにひしひしとむくろに似たる骨ひびき出づ
なほ耐ふるわれの身体《からだ》をつらにくみ骨もとけよと酒をむさぼる
わが歌を見むひとわれのおとろへて酒飲むかほを見ることなかれ
あと月のみそかの夜より乱酔《らんすい》の断えし日もなし寝ざめにおもふ

小枝子を完全に諦めきれないために、乱酔、また乱酔の日々が続く。またひそかに砒素を入手したり、酔って堀に飛び込んだり電車道に寝転んだり、自殺願望には違いないが、この時期、まるで児戯に類することを牧水は繰り返した。いっぽう『創作』は大成功で、七月号では啄木や哀果、白秋、高村光太郎、佐々木信綱、牧水など一七歌人の、一〇〇頁を超える「自選歌」特集号も出したりしたのだが、次第に牧水の状態は悪化する。とうとう心身ともにぼろぼろになり、編集を佐藤緑葉に頼んで、信州へ旅立ってしまった。その後、小諸で小枝子に会ったのを最後に、牧水の悲恋は終わるが、翌四四年二月三日、『創作』立て直しのために啄木を訪れた一月半《ひと》ほどあとの三月一四日、牧水は財蔵に手紙を書いて、小枝子の離京と悲しい恋の結末を報告したのだった。

「五年来のをんなの一件も、とう〳〵かたがつくことになつた、連れられて郷里へ帰るのだ相だ。それがお互ひの幸福には相違ないがね、いざとなると、矢張り頭がぐら〳〵する。何ひとつ手につかないから、飲んでばかり居る」

さらにそのしばらく後の四月九日、思わぬことが起こった。

この日牧水は麹町区紀尾井町清水谷公園内の「皆香園」で、東雲堂を離れて新しく起こした創作社主催の「創作誌友会」に出て、大いに語り、よく飲んだ。参加者は思った以上に多く、白秋や吉井勇、邦枝完二、山本鼎、小諸で知り合った山崎斌《あきら》らも来てくれた。

夜遅く日英舎に帰りつくと、電報が届いていた。何事かと見れば、そこには「ユキコシス」とある。一瞬、なんのことかわからなかったが、里子に出してある雪子が死んだということだ。なぜ、何があったんだ。酔いがいっぺんにさめた。しばらく呆然としていたが、部屋の中央にどっかと腰をおろして考えた。

顔も見たことのない「我が子」の死。これは自分にとって、どういうことなのか。不憫だ、可哀そうだという感情はあるが、まるで現実感がない。一方で、もうこれで、小枝子との不満・不安に満ちた「縁」も完全に切れるに違いないこと、「不義の子」がいなくなり養育費の心配をしなくてよくなること、悩んだ「罪」の気持ちから解放されること……。だが、そう考える己の卑しさに、牧水は深い自己嫌悪に陥った。こんな自分に生きている価値があるのか。

いつしか、また飲んでいた。死にたいと思った。だが、そう思った時点で、自分自身がつまらない小さな男に見え、もう雪子のことも小枝子のことも忘れてしまいたいという逃避の感情に溺れていった。なるようになれ。握りつぶした電報を掌中に、牧水は大の字になって眠ってしまった。

第三章　節子、喜志子

四四年四月一〇日、啄木は病院で診察を受け、エックス線も撮った。右肺が暗く、肋膜炎も治ってはいないが、熱の薬をやめてみようなどと言われ、病状は、すくなくとも進行はしていないように思われた。この頃啄木は、発熱三七度―三八度の身体の不調を忘れて、土岐哀果との雑誌作りに夢中になっていた。誌名は『樹木と果実』とした。それなりに意味があるし、「木」「果」と二人の雅号から一字ずつ入っていて、気に入っていた。だが、事は思ったようには運ばない。印刷所がうまく機能せず、校正刷りを見ても、とても満足できる本になりそうもない。哀果は「もう雑誌は止めよう」と言ってみたり、数日後には一二頁に小型化すると言い出した。そんな小さな本ではただの短歌投稿誌みたいで嫌だと啄木は思っている。とうとう癇癪を起こして「やめようじゃないか」と言うと「やめようか」と哀果も言い、それでも未練たらしいことを言うので、啄木は「やめよう、やめよう」と大きな声を上げた。

あえなく新雑誌は流産となったが、啄木は自分が元気になりさえすれば、また機会は巡ってくると、あまり気にしていなかった。

五月一日、夜、牧水がやって来た。啄木は夕食後、ドイツ語の勉強をしていたが、それより誰かと話をしたいと思っていたので、大歓迎だった。

この日、午後には哀果が来ていた。『樹木と果実』出版を半月前にあきらめた二人だったが、以後も変わらぬ交友を続けていた。哀果と牧水も親しい友人だったが、牧水が「夜型」のためか、啄木邸で三人で話すことはなかった。

「若山君、からうたは好きですか」。ちょっと失礼するよと横になった啄木が突然尋ねた。

「からうた？　いや……」。牧水が答えようとするが、すでに啄木は語を進めている。いつものことだ。

「漢詩のことだよ。ぼくは漢詩《からうた》と呼んでいる。僕たちの歌は、新しい時代の歌だから、古色蒼然たる漢詩などにはあまり興味はないけれど、それでも、僕も杜甫や李白、白楽天などの有名なものは知っている。なかでは杜甫がいいかな。『宗元明詩選』『古詩韻範』という本も持っているし、自分でも三つほど作ってみたよ……でもまあ、遊びだな。最近のはこの一月に浅草に遊びに行った時に作った。

新春与友遊塔下　新春 友と塔下に遊ぶ
塔下園中夜寂々　塔下園中 夜寂々
空屋軒暗歌笑遠　空屋軒暗く 歌笑遠し
初知天下不景気　初めて知る 天下不景気たるを　　李啄木

うーん、僕にしてはうまくないな。名前だけ李白を借りたんだがね。もともと漢詩は大概は酒飲みの恨み事やら憂さ晴らしといったものが多くて、あまり好きじゃない。若山君は酒飲みだから、きっと納得共感するものもあるだろうと思うけれどね」

「いや、まあ、それは……」と、かつては『万葉集』と共に『唐詩選』を愛読書にしていた牧水がにこにこしながら口ごもると、ちょっと遠い眼をした啄木は「それでも、ひとつだけ、大好きな漢詩がある。今朝、なんとなく思い出したんだよ。明の高啓という詩人だが、別名の高青邱のほうが、僕は好きだな。彼に『尋胡隠君（胡隠君を尋ぬ）』という短い詩がある。知ってるかい。これだけが、僕がそらで詠うことが出来る漢詩なんだよ」

啄木は目を閉じると、ゆっくりとその詩を吟じた。

渡水復渡水　水を渡り 復《ま》た水を渡り
看花還看花　花を看《み》 還《ま》た花を看る
春風江上路　春風 江上の路
不覺到君家　覚えず 君が家に到る

「どうだい。これだけなんだが、なんとも気持ちのいい詩じゃないかい。この詩と同じようにして、天気のいい日にふらりと友を訪ねていくというのが、僕の年を取ってからの夢なんだ。まあ、それまで長生き出来れば、だが」

「分かるよ、石川君、そうやって僕はここへ来てる」

珍しく牧水がすぐ応えた。「僕の場合は、友といっても、山や河、峠や海辺ということが多いけれど、そうして気持ちよく歩いていけることが、なによりもうれしいことだよ」

「そうだね、いかにも若山君らしい、いや、牧水らしい風景が見えてくる。……ああ、僕ももう一度、渋民を歩きたいなあ。元気な君がうらやましいよ」

そこでふたりは黙ってしまった。だが、この沈黙の時間が、牧水には少しも苦痛ではなかった。遠くを見つめていたり、目を閉じたままの啄木の横顔をじっと見つめながら、牧水の心はおだやかだった。いつまでもそうしていられるような気がするのだった。友を励ますわけでもなく、自分を見つめるわけでもなく、ただそこにいることで、啄木の気持ちに寄り添っている気がして、自身も落ち着くのだった。

啄木も、そんな牧水の居住まいが好ましく、勝手に話題を変えたり、疲れて目を閉じたりしながら、その時間をたのしんでいた。

突然、啄木は真面目な顔になり、言った。

「若山君、詩人というものは、なかなか世に理解されないものだね。さっきの高啓だって、ひとつの詩を明の太祖から謀反の証拠と疑われて腰斬の刑になっている」

「いまは殺されることはないだろうが、詩人が理解されないというのは、大方はそうだよ。でも、君も僕も理解されたいために書いているわけじゃない。そして、理解はされなくても愛されることはある。石川君、君は愛されて、しかも理解されている稀有な詩人だよ。僕は大いにうらやましい」

「そうだろうか……。じつは自分でもそう思っていたけれど、それはずいぶん以前の自分の姿ではあるまいか。僕は変わったはずだが、変わってしまった啄木は、もう愛されないという気がする」

「ははは、石川君、君や君の歌を愛している人はたくさんいるよ。現に、この僕もそのひとりさ」

牧水にそう言われて、啄木もさすがに照れたのか、天井に目をやり、ぽつんと「海が見たいな」と言った。

「若山君は、いろんな海を見ているよね。僕はほとんど北の海しか知らない。暗くて寒くて、風の音が胸に沁みるような海ばかりだった。それでもたまに明るい海を見ると、なんだか人間の、いや自分の小ささが、おかしいというか、馬鹿らしく思えて、おい啄木、もっと大きくなれ、と自分自身に言ったりしたものだよ」

「石川君、僕は日向の山の中で生まれたんだよ。家の前には川が流れていて、よく遊んだ。でも、海を知らなかった。小さい頃、ちょっと高い山の上から初めて海を見たけれど、じっに自然界の不思議を見る気がして、胸がときめいた。といっても、わずかに白く煙ったり光ったりしているだけで、海が実際にどんなものか、想像すら出来なかった」

啄木は、じっと聞いている。低いが明瞭で耳に心地よい牧水の声が、病の苦しさを癒してくれる。

「七、八歳の頃、母に連れられていちばん上の姉の嫁ぎ先を訪ねることになった。途中、耳川という川を、美々津の港まで舟で三里下った。急な流れのところもあって肝を冷やしたが、そこは船頭の腕さ。やがて河口ちかくなって、前方に長い砂の丘が見えた。そしてその丘の向こうに、時どき白く烟って打ちあがるものが見えたんだよ」

「ほう、なんだった?」答えの分かっている問いを啄木が笑いながら発した。

「母に聞くと、あそこはもう海で、あの白いのは波だという。僕は舟が止まるのも待ちきれずに飛び降りて、走って走って、砂丘に立った。そして初めて海を間近に見た。広大な海、間断なく寄せる波……。見たというより、自分も海の一部になったような興奮と感動で、母に促されるまで黙って立ちつくした。いま思い出しても胸に熱いものが走るよ」

「目に見えるようだよ。牧水の水には、じゃあ、海も入っているんだね」

「もちろんだよ。啄木の木にも、どこかの大木が入っているんだろう。今度来た時にはその話を聞かせてほしいな」

ふたりはそんな話を一〇時くらいまでしていた。啄木は「ミミズの話をきいた」「若山君は誰にも愛される眼をしている」と、この日の日記に書いている。

ややあって、牧水は「それでは今日はこれで失礼するよ。また来ます」と言って立ちあがった。「お大事に」などと病人にかける言葉は、言わないことにしている。

例によって見送りに出た節子と、牧水は短い会話を交わした。

「いや、今夜はいろいろ、まじめな歌の話もしました。節子さんも歌を詠まれるからお分かりになると思いますが、私の歌など、見たまま感じたままを詠むだけです。歌の調子には気をつかいますが、中味は単純です。石川君の歌は、石川君の心の歌です。短いけれど、一編の小説のようです。ひとつの歌の中に、物語がある。哀切な物語が浮かび上がってくるんです。私の歌は耳に聞かせる歌、石川君のは、じっと目で読む歌なんです……そんな話をしました」

「若山さん、ありがとうございます。よく来ていただいて……。若山さんとお話できた次の日は、啄木はとても明るく元気にしています。私も若山さんとお話が出来て、とてもうれしいんです。私、牧水さんの歌の〝さびし〟が、よく分かりますから」

節子が自分を初めて「牧水」と呼んだ。なぜかそのことに感動を覚えて、牧水は、

「そうですか、ありがとうございます。私はなんだか後ろを振り返ってばかりいる男なので、どんな歌も、さびしくなってしまうようです」と答えたが、自分でも、あまり的確な答えだとは思えなかった。

「吾木香《われもかう》すすきかるかや秋くさのさびしききはみ君におくらむ……大好きな歌です。牧水さんは恋の歌、啄木のは愛の歌、なんだかそんな感じがします」

そう言って節子は頭を下げた。「吾木香～」は、牧水が前年に出した『別離』の中の一首である。読んでくれていたのだ。

その詞書「女ありき、われと共に安房の渚に渡りぬ……」が、いまとなっては恥ずかしい

限りだが、それも「恋の歌」の一部だと思って気にしまいと思っている。

牧水も「では……」と頭を下げ、半歩下がって身を翻すと、夜の街を歩きはじめた。そして思った。

石川節子という女性は、まさに歌人の妻たるひとだ。石川君は幸せなやつだ。それにくらべて俺はどうなのだ。ああ小枝子……。終わったはずの恋に、牧水はまだ未練をたっぷり残している。ことあるごとに思い出しては呻吟している。

やはり間違った恋だったのか。小枝子は、歌など、なんとも思っていなかった。俺が歌人であることにも興味さえなかったのだ。だがむしろそのほうが望ましいと俺は思い込んできた。美しい小枝子は、美しいまま、自分の横にいてくれれば、それだけでいいはずだったのだ。小枝子が俺より一歳年上で、二人の子持ちだと庸三から聞かされた時には、思わずあいつの胸倉を締め上げそうになった。……それでも家庭を捨てて東京へ来たのには、小枝子自身の覚悟もあったはずだ。その覚悟の中に俺の姿はなかったのか。離縁して俺と暮らしてほしいと二人で住む家まで見つけたが、無駄だった。無口な小枝子に聞きたいこと確かめたいことはたくさんあったが、それをすると、この恋が瓦解するような気がして何も言えなかった。ただひたすら抱き、ひたすら詠った。

破れぬ恋のためには、破れることが許されない恋をしたいと思ってきた。それこそが真の恋だろうと……。だがそれは、馬鹿な恋愛至上主義者が頭で考えただけの理屈にすぎない。小枝子は、俺との結婚にはどうしても首を縦には振らなかった。そして雪子の死が、すべての終わりを告げた。

やがて、小枝子が東京を離れ、すでに関西へ帰ったという話が伝わった。俺に、別れの言葉ひとつとてなかった。これは、俺の恋とはいったいなんだったのか。俺は小枝子に、ただいつも自分の近くに居てくれることだけを願ったが、小枝子は俺に何を求めていたのだろう。いや、そんなものは端からなかったのだ。小枝子は東京に来たかった。成り行きから恋人のようになったけれど、ただそれだけでよかったのだ。雪子が生まれたのもたまたまのことで、俺との結婚には結びつかなった。ああ、あの雪子はいったい誰の子だったのか……。またしても疑念はふくらみ、牧水の心は千々に乱れる。

もし俺に充分な金があったら違ったのだろうか――。貧乏歌人の恋が、どうしようもなく惨めなものに思えた。死にたいと砒素《ひそ》も手に入れたが、自殺する気力も湧かなかった。

はじめより苦しきことに尽きたりし恋もいつしか終わらむとする
一日《ひとひ》だにひとつ家にはえも住まず得忘れもせず心くさりぬ
かなしくもいのちの暗さきはまらばみづから死なむ砒素をわが持つ

牧水の灼熱の恋は、胸の奥に深い傷痕を残して終わった。
啄木を訪ねた数日あと、牧水は市外淀橋町柏木に転居し、創作社も牛込区横寺町の佐藤緑葉方に移した。事態が悪化すればするほど、俺には最後は歌しかないのだと、どこかで覚悟する自分がいた。

*

六月、節子の実家堀合家が函館に移住することになり、その前に盛岡に行ってきたいという節子の一時的な帰省の件で揉め、啄木はとうとう堀合家と義絶することになってしまった。前回の節子の家出に懲りたことと自分の身体の不調から、いろいろなことに我慢が出来なくなっている。社会主義者を自認しながら、こと家の中のことになると、明治の男としての父権論者が顔を出してしまう。そんな状況下、啄木は長詩「はてしなき議論の後」九篇を書き、さらに推敲した六篇を牧水に送り、これは『創作』七月号の巻頭を飾った。さらに『あこがれ』に続く第二詩集の編集を思い立った啄木は『呼子と口笛』と題する詩稿ノートを作成した。病中にあっても、節子との間に波風が立っても、啄木は、まだ文学者としての己の仕事を進めたいと思っている。

『呼子と口笛』は大学ノートに横書きで、六月一五、六日に、『創作』に送った六篇の詩をさらに推敲して、それぞれに「はてしなき議論の後」「ココアのひと匙《さじ》」「激論」「書斎の午後」「墓碑銘」「古びたる鞄をあけて」と標題を付けた。さらに二五日に「家」という詩を書き、六色の絵の具で美しい挿絵と目次を配した。そのあと、二七日に、短い「飛行機」という詩を加えた。

懐かしくも美しい過去を振り返りつつ新しい環境を求める「家」と、働く少年の悲哀と希望をにじませた「飛行機」、啄木の詩としては最後の作品である、この長短ふたつの詩には、すでにある種の諦観が漂っている。

家

今朝も、ふと、目のさめしとき、
わが家と呼ぶべき家の欲しくなりて、
顔洗ふ間もそのことをそこはかとなく思ひしが、
つとめ先より一日の仕事を了えて帰り来て、
夕餉の後の茶を啜り、煙草をのめば、

むらさきの煙の味のなつかしさ、
はかなくもまたそのことのひよつと心に浮び来る――
はかなくもまたかなしくも。

場所は、鉄道に遠からぬ、
心おきなき故郷の村のはづれに選びてむ、
西洋風の木造のさつぱりとしたひと構へ、
高からずとも、さてはまた何の飾りのなくとても、
広き階段とバルコンと明るき書斎……
げにさなり、すわり心地のよき椅子も。

この幾年に幾度も思ひしはこの家のこと、
思ひし毎に少しづつ変へし間取りのさまなどを
心のうちに描きつつ、
ラムプの笠の真白きにそれとなく眼をあつむれば、
その家に住むたのしさのまざまざ見ゆる心地して、

泣く児に添乳する妻のひと間の隅のあちら向き、
そを幸ひと口もとにはかなき笑みものぼり来る。

さて、その庭は広くして、草の繁るにまかせてむ。
夏ともなれば、夏の雨、おのがじしなる草の葉に
音立てて降るこころよさ。
またその隅にひともとの大樹を植ゑて、
白塗の木の腰掛を根に置かむ――
雨降らぬ日は其処に出て、
かの煙濃く、かをりよき埃及煙草《エジプト》ふかしつつ、
四五日おきに送り来る丸善よりの新刊の
本の頁を切りかけて、
食事の知らせあるまでをうつらうつらと過ごすべく、
また、ことごとにつぶらなる眼を見ひらきて聞きほるる
村の子供を集めては、いろいろの話聞かすべく……

はかなくも、またかなしくも、
いつとしもなく若き日にわかれ来りて、
月月のくらしのことに疲れゆく
都市居住者のいそがしき心に一度浮びては、
はかなくも、またかなしくも、
なつかしくして、何時までも棄つるに惜しきこの思ひ、
そのかずかずの満たされぬ望みと共に、
はじめより空しきことと知りながら、
なほ、若き日に人知れず恋せしときの眼付して、
妻にも告げず、真白なるラムプの笠を見つめつつ、
ひとりひそかに、熱心に、心のうちに思ひつづくる。

飛行機

見よ、今日も、かの蒼空に
飛行機の高く飛べるを。

給仕づとめの少年が
たまに非番の日曜日、
肺病やみの母親とたつた二人の家にゐて、
ひとりせつせとリイダアの独学をする眼の疲れ……

見よ、今日も、かの蒼空に
飛行機の高く飛べるを。

新しい詩集刊行の望みをいだく啄木だが、七月に入り暑さがきびしくなってくると、容態はいっそう悪化し、四日には三八度五分の熱を出し、医者を呼んだ。けれども医者にも特段の施療は出来なくなっている。一二日には四〇度二分の発熱で、ぐったりとなり、以後一週間は「氷嚢のおかげにていのちをつなぐ。食欲まったくなし」という状態に陥った。宮崎郁雨に助けを求めると、一三日にはすぐに一五円の電報為替が届いて、啄木も節子も胸をなでおろした。ところが今度は節子を病魔が襲う。

この半月ほど、ひどい咳が出て血色も悪い。お前が倒れたらどうなると、ほぼ横になったきりの啄木に言われて、往診の下平医師に診察してもらうと、気管と胃腸が悪いと言われ、薬をもらったが軽快しない。二七日に東大の三浦内科にかかると、左の肺がよくない、伝染性だと言われた。さらに翌日、同大の青山内科有馬学士の診察で肺尖カタルと診断された。

以後、節子も寝たり起きたりの状態になり、その分、カツの家事炊事の仕事が増えた。だが、三度の食事を作り、済めば膳を下げ、その度に一〇段の階段を上り下りしなくてはならない。還暦も過ぎ、ひどく腰の曲がった老体に、急な階段の上り下りは酷なことで、啄木も心を痛めていた。

八月初めのある朝、節子は一階の店の奥にある台所で、朝食の準備をしていた。この朝はなんとか大丈夫で降りてきたのだが、そこへ台所に隣接する奥の部屋の襖を開け、「おはよう、石川の奥さん」という大きな声をかけたのは、家主の新井喜之助である。

「朝っぱらから悪いんだけど、ちょいと話があってさ。いや、家賃は、いまさら……。あのね、石川さんは病気だし、おっ母さんや、奥さん、あんたも肺の病らしいっていうじゃねえか。言いにくいんだが、お客さんに知れると、嫌がられるんだよ。料簡がせめえって言われりゃその通りかもしんねえけど、こっちも客商売だからさ……」

つまりは、出ていってほしいということだった。まだ払っていない七月分と今月分の家賃はまけておくという。

喜之助の言うことは、その通りだし、これまでいろいろ親切にしてもらってもいる。啄木の入院の時は、おかみさんもついていてきてくれたり、なんといっても、生まれてすぐに死んだ真一の骨も新井家の墓に入れさせてもらっているのだ。いつかは言われるだろうと思っていたことを、今日まで言わずにいてくれたことを、むしろ感謝すべきだろう。といって、どうすればいいのか……。自分たちも、もっと生活が楽なところに越したいのはやまやまだが、それには先立つものがない。わずか二月《ふた》前、お金をめぐる妹とのやり取りを啄木に誤解されて、実家とは断絶、そうなると、自分には頼るところはない。

朝食のあと、啄木にそのことを話すと、母の階段の上り下りを心配していた啄木は、ついに来たか、という顔で、あっさりと「そうしよう」という。肺病であることを、啄木自身も節子もうすうす分かっており、転地は出来ないまでも、ここより少しでも新鮮な空気、栄養、安静が確保できるところがないものか。「こんな二階の部屋じゃなくて、出来れば、もう少し広い平屋の一軒家がないものだろうか。セツ、探してもらえるかい」

啄木は「家」の詩を書いたばかりである。出来るかどうかは別にして、引っ越しに心弾むものがある。いっぽう節子は、ずっと具合が悪く、つい先日、肺尖カタルと診断されたばかりの私に、この炎天下、家探しをしろと言うのか、そもそも、いまの家賃六円さえ、まともに払えていないのに、そんな贅沢な住居がもしあっても、いったいどうやって暮らしていくというのか……、一瞬、怒りが沸き起こるのを感じたが、といって自分以外に動ける者はいない。かろうじて健康を保っているとはいえ、義父の一禎には、とても無理なことは分かっており、節子は、怒りを飲み込むと、啄木の顔を見ずに「はい」と返事をしていた。

当時、啄木は朝日新聞の給料が二八円、一回一円の夜勤料と朝日歌壇の選歌料も合わせると、四〇円を超える収入を得たこともあったが、健康を害し夜勤は出来ず、父までふくめた家族五人の生活費は、いつも足りず、そこへ医者代、薬代がかかってくる。引っ越しは急務だが、はたして啄木の望むような「家」が見つかるだろうか。

＊

四四年八月七日、揺れる俥のなかで、啄木は二年二ヵ月に及んだ「喜之床」二階での日々を思い返していた。思いもかけず、そう遠くない小石川区久堅町に、ほぼ理想的な貸家が見つかり、今日はその引っ越しの日である。

──四二年の六月一六日に、母カツ、妻節子、娘京子が上京し、半年後の一二月二〇日には父一禎も上京して同居、やっと叶った一家そろっての暮らしだったが、最初から波乱含みだった。

まず啄木本人が、家族の上京を強く望んではいなかった。ひとつには、やっと朝日新聞に就職して、ひとりだけなら、けっこう楽に暮らし、遊べるようにもなって、自由な気分をもうすこし味わいたいと思っていた。いっぽう、文学者として立つという妻や母との約束は、まだ十分果たせてはいなかった。経済的にも、すぐに生活に困窮するだろうと、自分でも思った。したくても大きな顔など出来ないのだ。そうした鬱屈を「ローマ字日記」を書くことで紛らわせていた。この日記には浅草や吉原の遊女との痴態も書いた。書くことで、現実は相対化され、さらにローマ字にしたことで、まるで創作のように感じられ、罪悪感も感じなくてよかった。だが、家族の上京で、二月《ふた》書き続けた「ローマ字日記」も終わる。

家族の上京を認めるのに決定的だったのは、この数十年、手紙など書いたことはなかったであろう母カツからの、啄木上京以来五本目の、早く呼び寄せてくれという手紙だった。全文ひらがなのその手紙を、啄木はローマ字で写しながら、気持ちは深く沈んでいった。

「このあいだみやざきさまにおくられしおてがみでは、なんともよろこびおり、こんにちかこんにちかとまちおり、はやしがつになりました。……それにいまはこづかいなし。いちえんでもよろしくそろ。なんとかはやくおくりくなされたくねがいます。おまえのつごうはなんにちごろよびくださるか？　ぜひしらせてくれよ。へんじなきときはこちらしまい、みなまいりますからそのしたくなされませ。はこだてにおられませんから、これだけもうしあげまいらせそろ。かしこ。」

節子の心も複雑だった。本当なら、義母抜きの親子三人で暮らしたい。カツも啄木も、たがいに似たところがあり、母親大事、息子大事の二人が同居したら、自分はどういうことになるか、平和な場面を思い描くことが出来なかった。そのため、上京にそなえて盛岡の実家に寄り、懐かしい肉親たちとしばらく過ごして、つらく貧しかった北海道での暮らしを忘れてから上京したかった。カツも野辺地で降りて、一禎に会っていたから、この間の数日は節子にとっては、願ってもない息抜きとなった。だが、何日の上京であればよいという夫からの手紙はなかなか来なかった。

この家族の上京には、函館時代の「苜蓿社」の仲間で、のちに節子の妹ふき子と結婚する宮崎郁雨（大四郎）が同行した。郁雨は、東京の金田一京助に劣らず、啄木の人生に大きく関与した、平たく言えば啄木の才能を認めて、敬愛し、その金銭的要求に、ほとんどすべて、嫌な顔一つせずに応えてくれた男だ。啄木より一歳年長で、函館で味噌製造の家業を継いで経済的に余裕があり、幾度も啄木一家を助けている。啄木の母、妻、娘の函館生活は、郁雨がいなかったら成り立っていなかった。この時も、女たち三人の上京費用のほかに、啄木が「喜の床」二階の二部屋を借りるための一五円を用立ててやっている。啄木は、朝日新聞の給料で一家四人、ちゃんと暮らしていけると、いかにも堅実な生活者のような見栄を張ったが、郁雨には分かっている。金銭的にも、心構えからいっても、啄木には「準備」が出来ておらず、ぐずぐずと日延べさせているのだろう。とうとう郁雨は最後通牒ともいうべき手紙を盛岡から書く。「若し君の方で手配が付かないのなら僕はここから函館へ帰る。そして若しかしたらもう一度君の家族を函館へ連れて行くかも知れない」

母からの手紙に加え、この郁雨の手紙と節子からの手紙も読み、啄木も「遂に！」と覚悟を決めた。

前借した六、七月分の給料計五〇円で、まず以前の下宿の蓋平館の支払いを済ませなくてはならない。だが一一九円も溜まっており、どうにもならない。金田一京助に保証人になってもらい、月一〇円ずつの月賦にしてもらった。その他、質に入れた友人の時計を出したり、いくつかの小さな借金、怪我をした医者代、電車の回数券、米代、安物の単衣代などで、すべてなくなり、郁雨からの一五円で引っ越しは出来たが、新居で家族一緒に暮らしていくのに、あと二〇円必要だ、貸してくれ、これが最後の「お頼み」だと、一月《ひと》も経たぬうちに、なかば当然の権利であるがごとくに郁雨に懇請している。

こんな状態で、「喜之床」二階での啄木の新しい生活は始まったが、とくに節子との関係が、うまくいかない。

一三歳から恋仲となり、二〇歳で結婚した同い年の夫婦で、とくに節子は啄木の才能を認め、文学者・石川啄木を世に出し、多くの人に認めさせることが、自分に課された宿命だと思っていた。その思いが揺らいだことは一度としてなかった。だから、離れて暮らしても我慢が出来た。耐えて待つ強い女だった。

だが、待ちに待った同居がかなった翌日の夜、一年半ぶりに啄木に抱かれた節子は、夫の変化に気づいた。以前となにかが違う。長く会っていなかったから違って当たり前とも思うが、釈然としないものが残る。ありていに言えば、夫は冷めている。それを隠すかのように耳元でささやく啄木の睦言が、かえって鬱陶しく思える。この人は、もう昔の恋人ではない。愛しい夫であることはその通りだが、いまや夫は妻を抱くよろこびを感じてはいない。離れている間に啄木がほかの女を抱くことはあったかもしれないが、そのことで自分に対する愛が薄れるなどと考えたことはなかったのに……。

そうした違和感は、やがて失望に変わった。勤め人であるはずの啄木は、仕事をさぼってばかりいる。同居して半月、七月一日にやっと出社して、いきなりその月の給料を前借りしてきたが、借金の返済などで瞬く間に消え、当月の家賃さえ払えない。月末にはまったくの素寒貧となる。やがては節子の服も帯も質草になるのが目に見えている。それでも啄木の愛と、文学者として立つという二人の夢があれば我慢も出来るが、いまの啄木にそれがあるとは見えないのだ。節子は七月五日に盛岡の妹たちに書いた手紙で、自分を「あはれな女だ」と言い、「東京はまつたくいやだ」と吐露している。

そんな不穏な状況のなか、郁雨と節子の妹ふき子の縁談がまとまった。郁雨は、啄木に初めて会って以来、その卓越した才能に憧れと畏れを持って啄木と身内になりたいと願い、啄木の妹光子との結婚を望んでいた。だが、いまや一家の長たる啄木が、なぜか頑として許さない。啄木にしてみれば、自分と同じように癇の強い光子では、いずれ好人物の郁雨とぶつかるかもしれない。妹も大事だが、友人として、そして経済的な後ろ盾として、誰より大切な郁雨を失う危険は避けたい、だが身内になってくれるのは大歓迎である。ふき子ではどうかと持ちかけた。思ってみないわけでもなかった郁雨が承諾し、これには節子も大いに賛同し、「ほんとうの兄さん」とまで呼んで頼りにしてきた郁雨の、年下だが義理の姉になることをよろこんだ。

こうした慶事を経ながらも、夫であり息子である啄木との同居がかなった節子とカツの間も平和とは言えなかった。啄木をめぐって何かとぶつかり、意地の張り合いとなる。啄木のいない日々、それなりに助け合って生きてきたのに、いまや夫なのか息子なのか、その場しのぎで態度を変える啄木に、二人とも翻弄されていた。節子は、ふき子への手紙の中にも「内のお母さんのくらゐえぢ（意地）のある人は、おそらく天下に二人とあるまいと思ふ」

と愚痴を書いている。しかし、まだ負けてはいない。カツが下級とはいえ南部藩の武士の娘であるように、節子も、その祖父は同じ南部藩の武士なのだ。義母に孝養は尽くしても、啄木をめぐって負けるつもりはない。

そんな節子が、ついに上京三カ月目の一〇月二日、京子を連れて家を出た。出社した啄木が、夕刻帰宅すると、カツがおろおろと、近くの天神様へ行くと京子を連れて出た節子が帰ってこない、お前宛ての書置きがあるところをみると、実家へ帰ってしまったのではないか、と言う。慌ててその書置きを見ると、病気療養のため、しばらく盛岡に帰る、と書いてある。そして「私は私の愛を犠牲にして身を退くから、どうか御母様の孝養を全うして下さる様に」と、これはカツとの諍《いさか》いに疲れた「嫁」の立場からの抗議である。

上京以来、節子は毎日頭痛を訴え、食欲もなく、痩せこけていった。不眠にも悩まされた。胸の痛みが日増しに強くなってくる。医者に診せたら肋膜炎だという。「こう云ふふうでいかうもんなら、私の命も長くはあるまい」と故郷への手紙に書いている。夢にまで見た家族一緒の暮らしが、ちっともたのしくない。しかも、そんな節子を啄木は見て見ぬふりをしている。たった二間だから仕方がないのに、京子がうるさくて原稿が書けないと怒りだす始末である。いっぽう、節子が動けない日にはカツが炊事をはじめ家事万端をこなさなくてはならず、なかでも日に何度も必要な階下の台所への階段の上り下りに閉口していた。嫁は不貞寝を決め込んでいるのではないかと、こちらも心穏やかではいられない。

そうした嫁姑の不仲が招いた家出だと啄木は節子の書置きを読みながら思った。だが最後に「一様《はじめ》」とある、その下に「御身は我が啄木に非ず」と走り書きがあった。

この一行を読んだ啄木の血の気が引いた。節子はすべてお見通しだ。我が不貞、自堕落、身勝手……、華の東京で、気ままな半独身男の精神と肉体をむしばんできた不健康な暮らし方を、そしてなにより文学者として立つ努力の跡が見えないことを叱責されているのだ。きびしく初志貫徹を促す一文である。ああ節子……。思わず唸った。

だが、啄木は、とりあえず嫁と姑との対立というカタチでこの事態を収めようと思った。自分と節子のことはそれからだ。

節子が実家に戻ったと知らされて「私が悪かった」と泣き崩れるカツをおいて、啄木は金田一京助を蓋平館に訪ねると、「かかあに逃げられあんした」と打ち明け、「あれ（節子）なしにはとても生きられない」から、戻ってくるように、自分の代わりに手紙を書いてくれと頼んだ。また、高等小学校時代の恩師で、その頃は「岩手日報」の主筆だった盛岡の新渡戸仙岳にもすべてを打ち明け、「妻に捨てられたる夫の苦しみ」がこれほどとは思わなかったと書いた上、自尊心を犠牲にして言葉を尽くし「帰ってくれ」と頼むけれど、もし節子が帰らぬと言うなら、盛岡まで行って殺そうとまで思っていると、自分の混乱ぶりを伝えて同情を引こうとした。もし道で節子に出会うようなことがあったら、帰京するように言ってくれと、実質、節子を訪ねて説得してくれないかという、なんとも厚かましいことを頼んでいる。

節子は三週間ほど実家で、郁雨に嫁ぐふき子の準備を手伝ったりしながら英気を養い、一〇月二六日、すなわち郁雨とふき子の結婚式の日の朝早く、東京に戻ってきた。「おっ母さんが追ん出した」と啄木に責められ続けたカツは孫の帰宅をよろこんだが、節子にはなにも言わず、啄木自身も「やあ、お帰り」と、平静をよそおい、それまで休んでいた新聞社へ、次の朝から出勤した。休んで家にいると、節子に何を言われるか怖かったし、もしカツとまた諍いが始まったら、もう身の置場がない。夫と母をおいて家出するとは……と説教のひとつもしたいのだが、しばらくはさわらぬ神に祟りなし、を決め込んだ。

家事万端をこなしながら、時々啄木の挙措をじっと見つめる節子の顔に笑みはない。啄木はとうとう焦れて、ある夜、「話がある」と、節子と正面から対峙し、ふたりの恋、ふたりの夢、それが十分に叶っていない現状について、いささか自虐気味に話した。節子は、まっすぐに啄木の顔を見ているが、どんなつもりで聞いているのか、まったく分からない。とうとう啄木は、自分の女遊びのことまで話しだした。「怒るなら怒れ。能面でいられるよりはマシだ」と思ったのだ。

啄木がすべてを話し終え、節子に「セツ、これがいまの俺なのだ」、ややあって「一緒に死ぬかい……」と聞くと、節子はぴくりと眉根を寄せ、じっと啄木の顔を見据えて、ちょっと微笑んだ。その顔に「あら、それが殺し文句なの?」と書いてあった。啄木は「墓穴を掘ったか」と焦ったが、節子は黙ったまま立ち上がって隣室に消えた。

翌朝、啄木が目を覚ますと、節子が小さな声で鼻歌を歌いながら、短い廊下を拭き掃除していた。啄木はほっと息をついた。

だが、この「妻の失踪」は、実際に啄木に大きな衝撃を与え、「ついにドン底に落ちた」と自覚し、さすがの啄木も、それまでの生き方考え方を反省し、同時に「新らしい詩の真の精神」を模索することになった。節子が戻ってまもなく、東京毎日新聞に連載した詩論「食《くら》うべき詩」で啄木は、「両足を地面に喰っつけていて」「実人生と何らの間隔なき心持をもって」歌う詩でなくてはいけない、珍味やご馳走ではなく、日常の食事の香の物のような、それこそが我々に「必要」な詩である――と述べた。さらに「我々の要求する詩は、現在の日本に生活し、現在の日本語を用い、現在の日本を了解しているところの日本人によって歌われた詩でなければならぬ」と言い放った。三八年に一九歳で出版した自身の浪漫的な詩集『あこがれ』をあたかも否定したと言ってもよく、また翌四三年末の『一握の砂』刊行に通じる啄木の意図を濃く感じさせる一文だった。

その後、父親の一禎も同居することになり、一家五人が、それから二年ちかくを、「喜之床」の二階で過ごした。その間、牧水や哀果や杢太郎などが訪れ、文学的な活動も、いろいろやろうとしたが、自分が病気になってしまったことで、すっかり目算が狂ってしまった。残念で仕方がない。なんとか、もう一度元気になりたい。新しい家に移って、心機一転、身体は満足に動かなくとも、もっと作品を書きたい。いや、書かなくてはいけない。それが詩人、歌人、文学者たる石川啄木の生きる意味だ。

そしてまた、ぎくしゃくとしてきた節子との関係、一家の秩序をもう一度、きちんとしたものにしなくては……。

じつは引っ越し話の出る前、六月のはじめには、啄木が節子に「離縁する。出ていけ」とひどい剣幕で怒り、節子が嘆き泣きわめくという騒動があった。原因は、節子の実家との付き合い方だが、結局は「金」。むろん、それを必要とする石川家の貧しさである。

五月末に、盛岡の堀合家が家屋敷を売り払って函館に移住するというしらせが来た。節子の父、五四歳の堀合忠操《ちゅうそう》が樺太建網漁業水産組合連合会の主事の職を得たためである。故郷を失うという思わぬことに、一度、実家に戻りたい気持ちと、家を売った金からいくらかでも助けてほしいという気持ちがないまぜになり、帰郷を目論む節子が啄木に拙劣な嘘をつくことになった。

妹の孝子から汽車賃の五円を送ってきたので、京子を連れて帰りたいと啄木に言ったが、この金は知人の小山しげから借りたものだった。その嘘はすぐにばれた。啄木は「帰るなら京をつれずに一人かえれ」と怒り、翌朝も「私を信じてやってくれ」という節子に「京の母たる権利を捨て、一生帰らぬつもりで行け」と怒鳴りつけた。前の年の家出の件があり、同じ轍を踏むことは避けたい。事情は分かったが、節子が自分を欺《あざむ》こうとしたことが許せないから「離縁する」と言った。だが、節子は出ていかない。病気の夫と義母、そしてまだ五歳にもならない京子を置いていくことなど、考えられない。ぐずぐずと事態が収まりかけたところへ、孝子から「スグコイヘンマツ」と二度の電報や五円の電報為替が届く。

啄木の怒りが再燃した。六月六日、孝子あてに小為替五円を送り返し、同封した手紙で節子への電報の件を責め、もしそっちで自分の妻に親権を行なおうとするなら、「これは自分の家庭組織の観念と氷炭容れぬものだから離婚する」と書き送り、騒動が拡大、とうとう堀合家と義絶となった。

この事件で、物理的にも精神的にも実家がますます遠くなり、夫の愛情も感じられず、節子は「根無し草」のような鬱屈した日々を送ることになった。そんな中で、啄木は牧水の『創作』に詩「はてしなき議論の後」を書き、『新日本』『層雲』『文章世界』に歌を発表するといった活動を続けた。啄木のその努力は認めたい、結局この人と生きていく運命なのだと、節子は自分に言い聞かせるしかなかった。

最悪な六月に続き、七月もまた惨たる月になった。啄木はうち続く高熱に苦しみ、節子は肺尖カタルの病状が進行した。カツの疲労も見過ごせない。

この間、宮崎郁雨から、一五円、四〇円と支援を受け、さらに節子が病身をおして朝日新聞まで給料の前借りに行き、また家主の新井喜之助の紹介で山幡という人から二〇円の借金もした。そうして、やっと八月七日に小石川区久堅町七四ノ四六号の新居に移ることになった。啄木の終の棲家である。いろいろな悪条件の下、一両日で、ほぼ希望通りの家を見つけたのは、節子のお手柄であったが、その労をねぎらう余裕は、誰にもなかった。久堅町が、昔憧れた野口米次郎が帰国後に一時住んでいた町であることなど、啄木も節子も、思い出しもしなかった。

——啄木が苦い思い出にふけっているうちに、病身の父とおさない娘を載せた俥は、久堅町の新居に到着した。

啄木は「門構え、玄関の三畳、八畳、六畳、外に勝手、庭あり、付近に木多し。夜は立木の上にまともに月出たり」と、この日の日記に書き、大いに満足した。水は井戸、風呂はないが、一家には十分な広さで、当時の典型的な中流の借家の造りである。家賃九円敷金二カ月。節子には、内心、五割増しになる家賃に経済的な不安はあったが、朝日の社員であるという「信用」が功を奏し、契約にはなんの問題もなかった。

路地に面した門を入ると、玄関を前に左に八重桜が数本、その先、南へぐるりと回ると、小さいながら庭があり、庭に面した八畳の座敷と次の間六畳には縁がある。ここから隣家のこんもりとした椎の木立ちが塀の向こうに見えている。

椽先にまくら出させて
ひさしぶりに
ゆふべの空にしたしめるかな

と歌も詠んで、啄木はやっと穏やかな一夜を手にした。節子も母カツ、父一禎も、久しぶりに幸せな気持ちでいられた。

座敷が啄木夫妻と京子の寝所であり、昼間は書斎である。六畳に父母が寝起きし、一家の食事は台所の隣、三畳の玄関の間でとった。新しい暮らしが転地療養のような効果をもたらしたのか、啄木も節子も、しばらくは具合がよかった。

＊

引っ越しから数日後、夜に牧水がやってきた。玄関に出迎えた節子と、「床屋で聞いてきました。大変だったでしょう。知らせてもらえば、手伝いに来ましたのに」「すみません。あまりに急に決まったものですから。みなさんへのおしらせもやっとこれからなんです」と短い会話を交わすと、啄木が横になっている座敷に通された。

「こんばんは。いいところだね、石川君、これで君もきっと元気になれるよ」

「やあ、若山君。来てくれてありがとう。今度は下の家主に遠慮もいらなくなったから、いつでも来てもらえるよ」と返す啄木の表情も明るい。

新しい展開に満足し、自ら健康を取り返したいという願いに満ちた友の顔を見て、牧水もうれしくなった。だが、うれしい気持ちには別の理由もあった。

　少し前、いかにも夏らしい暑い日だったが、牧水は友人の太田水穂を訪ね、そこで、一月《ひと》ほど前から水穂宅に寄宿していた親族の太田喜志子（本名喜志）に会った。よれよれの浴衣姿でやってきた牧水に喜志子が玄関で応対し、水穂の妻の光子に取り次ぐと、光子は「あら若山さん、どうぞどうぞ」と二階へ上げ、喜志子に「知ってるでしょ、『創作』の若山牧水さんよ」と囁いた。自分も歌を詠む喜志子は、すでに著名な歌人となっていた牧水の名を知ってはいたが、お茶を運ぶと、水穂の前にちんまりと座した牧水の様子がつつましやかで、あの高名な歌人が……とちょっと意外な感がした。

水穂に紹介され、きちんと端座して挨拶する喜志子に、あわてて膝を正そうとした牧水が、喜志子の顔を間近に見て驚いた。「このひとは……」いつも思い出す故郷の、若い頃の母にそっくりではないか。

牧水という雅号の牧は、母の名マキから採ったほど、自分は母を愛し、頼ってもきた。遠く離れていても忘れることの出来ない母。その軛《くびき》から逃れたい思いもどこかにあって、小枝子にあんなに夢中になったのだ。その恋に破れてみると、ただ呆然とするばかりで、自分が小枝子に、いや女性というものにいったい何を求めていたのかさえ分からなくなってしまった。

だが、喜志子に会った瞬間、牧水には分かった。このひとだ。この喜志子こそ、自分に必要な女性なのだ。母によく似た容姿に加え、ものごとをきちんと捉えた受け答えから、よい教育を受けたひとであると感心させられる。同じ歌詠みであると聞いて、その生活感に安心もさせられた。小枝子とのことは、忘れられないかもしれないが、もう終わったこと。これからは、この喜志子と生きていきたい。

まさかそうした思いで見つめられているとは知らず、このとき喜志子は、牧水の顔を見ながら、いま名声を高めているこの歌人を「風采は揚がらないが、きれいな眼が宝石のようにピカピカ光って、これはただのひとではない」と思った。「こんなきれいな眼をしたひとに悪いひとなどいるはずがない」とも。だが、初対面であり、それ以上の感情を持つことはなかった。ただ親しく話すことが出来て、それでじゅうぶん満足だった。

いっぽう、この女なくしては我が生の意味もないとまで惚れ込んだ小枝子との恋に破れ、あらゆる「負」の感情に苛《さいな》まれていた牧水だったが、目の前の喜志子と話をすることで、そうした苦い想いがゆっくりと溶けていくのを実感していた。

ほどなくして、三人に見送られて帰路についた牧水の心は決まっていた。喜志子を我が伴侶にする、と。数え年二四歳の信州の女との恋が一挙に、一方的に始まった。


そんな理由は知らなくても、高揚した牧水の気分は伝わり、世間話をしながら、啄木は何度か声を上げげて笑った。台所で、久しぶりに夫の笑い声を聞いた節子もうれしかった。こんな時間を作ってくれる牧水の存在がありがたくて、気がつくと、涙ぐんでいた。

そんなふたりの声が急に低くなった。啄木が尋ねた。

「北原君が、なんだか大変らしいと聞いたけど、若山君は知っているかい」

牧水は即座に「いや、なにも……」と答えた。北原白秋が隣家の夫人松下俊子と「出来てしまったらしい」ということは数人から聞いていたが、それ以上のことは知らないし、知りたくなかった。人妻との恋に落ちた男がどうなるか、誰よりも自分がいちばんよく知っている。白秋と仲のよい牧水としては、一《ひと》言忠告してやりたいところだが、この自分がとても偉そうなことは言えない。それに男と女のことには脇から口を出してはいけない……それが仲間内での「鉄則」だ。いまは白秋が「大怪我」しないことを祈るばかりだ。

「そうか。君が知らないくらいなら、心配する必要はなさそうだね。そういえば、北原君の第二詩集『思ひ出』をもらって読んだが、すばらしいね」と啄木は褒めた。

「北原君とはずいぶん会ってない気がする。この家なら来やすいから、ぜひ来るように若山君から言っておいてくれないかい。ああ、僕ももうちょっと元気になったら、君や北原君のように、どんどん仕事をしたいよ」と、その時は、やはり残念そうな口調になった。

その頃は、表舞台から退いた浪漫的な『明星』派に代わり、牧水主宰の『創作』に集う自然主義的な詩人、歌人たちが活躍し、同誌上では牧水、啄木をはじめ、白秋、土岐善麿、前田夕暮、尾上柴舟、窪田空穂などが、清新な詩歌の一時代を築いていた。経営的には青息吐息ながらも、短歌を中心にした文芸総合誌として、『創作』はそれなりに力を持っており、そこで自分も大いに活躍したいと啄木が願うのは当然だった。

牧水は、雑誌が話題になったところで、以前からの単純な疑問を口にした。

「ねえ石川君、同じようなことをしてきたのに、なんで僕らは一緒に雑誌作りをしなかったんだろう。おたがい失敗ばかり繰り返したけれど、君と僕ならうまくいったかもしれない」

と牧水が言うと、床の中で半身になった啄木が笑って言った。

「ははは、若山君、それは簡単さ。僕が酒飲みでなかったからだよ」

「えっ、そうか。ああ、そうかもしれないな。そうかもしれない」

そしてふたりは屈託なく笑った。

やがて牧水が辞する時間になり、節子が見送りについてきた。

「節子さん、いいところですね。あなたも元気になられるでしょう。それが石川君には、いちばん効く薬になりますよ」

牧水は、節子のやつれ方が気になったが、もちろんそんなことは言えない。

「ありがとうございます、牧水さん。相変わらず貧乏ですが、私、石川啄木をこのまま終わらせることなど出来ません。なんとかもう一度、思う存分、仕事をさせてやりたいのです」

「そうなるといいですね。いや、きっとそうなります。もうちょっとの辛抱ですよ」

黙って頭を下げる節子も、牧水も、内心、それは難しいことかもしれないと思っている。

ジジッと夜の蝉が鳴いた。

＊

引っ越しからわずか三日目の八月一〇日、平穏な日常を希求する啄木や節子の願いは、またもや無残に裏切られる。カツが倒れたのだ。無理がたたったのだろう。心配がとうとう現実となった。啄木から知らされた妹の光子がすぐに旭川から駆けつけ、その後しばらく光子が炊事洗濯など家事を引き受けてくれたが、一家六人のうち半分は病人という悲惨な状況となった。啄木は以前、「父や母、節子に京子、できれば妹の光子も一緒に、なんのうまいものはなくとも、一家うち揃って晩餐をとりたい」と言っていた。図らずも実現したけれど、夢想していた状況とは明らかに違ってしまった。

病人が増えたのに、相変わらず金がない。家事を光子にやってもらう代わりに、節子は金策に走った。傘を質に入れて五〇銭、古雑誌を売って五〇銭、さらに芭蕉や蕪村の句集、漢詩の本『古詩韻範』などを質に入れて幾許《いくばく》かの金にした。もちろん、そんなものではどうにもならないから、夫が病気休暇中の朝日新聞社に出向き、賞与二〇円、給料の前借り二七円を受け取ってきた。幸い、編集長の佐藤真一が、事情を呑み込んで、よくしてくれる。ありがたく、申しわけないけれど、もう節子も恥や外聞という言葉は捨ててしまっている。

ただひとり、なんの役にも立っていないのが、啄木の父一禎だった。孫の京子の守りくらいしか出来ないのだ。その京子は五歳の可愛い盛りで、啄木は溺愛しているのだが、躾《しつけ》は厳しくしていた。京子は啄木に似たのか、「癇」の強い子で、大人が呆れるような悪戯をしたり、近所の子とよく悶着を起こした。「今日も泣いたのか」と聞くと、むっとして「泣かない」と強情を張る。そんな京子を、啄木はロシアの女性革命家になぞらえて「ソニア」と呼んだりしていた。

九月二日、京子の「悪さ」に隣家から文句を言われ、啄木は京子を叱り、夕餉《ゆうげ》の席に着かせなかった。これに対し、見かねた一禎が京子を座らせると、激怒した啄木は飯茶碗を投げつけ、ものも言わず外へ出た。

翌日、一禎が家を出た。軽装で帽子と煙草入れ、所持金わずかに二円。どこへ行ったか、「待つても〳〵帰らなかつた」。たぶん次姉トラの嫁ぎ先、北海道の鉄道駅長山本千三郎のところに違いないが、父を追い出した形になり、病気の母カツの手前もあり、啄木は鬱屈した日々を送ることになった。

さらに悪いことは続いた。永年の友人であり、いまや義理の弟の立場にいる、啄木の最大の経済的・精神的支援者である宮崎郁雨と義絶する事件が起きたのである。

一禎の出奔から一週間ほど経った九月一〇日、節子あての手紙が届いた。差出人の名はなく「美瑛の野より」とだけ書いてある。「一年志願兵」として将校の資格を得るために三カ月の軍隊生活を送る、例年の教育演習のため旭川・美瑛に赴《おもむ》いた宮崎郁雨からの手紙であることは明白だった。

外出中の節子より先に啄木が開封した。

中に、為替とともに手紙があり、そこには「貴女ひとりの写真を撮って送ってほしい」と書かれていた。啄木は絶句した。これはなんだ、節子と郁雨の間に何があったのだ。以前、自分がいない北海道で、ふたりは俺を裏切っていたのか。これまでの郁雨の援助は、この啄木のためではなく、節子のためだったのか……。

帰宅した節子に、啄木は震える声で迫った。「それで何か、おまえひとりで写真を写す気か？」「今日かぎり離縁する」「京子は連れず、ひとりで帰れ」そして奥歯をぎりぎりと噛みしめながら「今までこういうこととは知らず信用しきっていた。今までの友情なんか何になるか。それとも知らず援助をうけていたのを考えると……」と怒りと悔しさに涙を流さんばかりである。

降って湧いた騒動に、隣室ではカツが、啄木が可哀そうだ、病気の節子を帰すのは酷だと泣き、光子は、節子が啄木の心を踏みにじった、なんたる呪わしいことか、郁雨は兄の愛妻を傷つけた、と怒っている。光子には郁雨に対する複雑な思いがあり、ついきつい言い方になる。啄木不在の函館時代に、京子をおぶった節子と郁雨と一緒に、何度も大森浜を逍遥した。郁雨の、自分を娶《めと》りたいという気持ちも感じていた。それなのに、兄啄木の反対も押し切って、という熱意は見せてくれなかった。自分でなく節子だったのか……。

その節子は、見ていられないほど泣き悶えながら謝るばかりだ。自分に疚しいところはないが、郁雨がどういうつもりでそんな手紙をくれたのか——節子は、いつかこんな日が来るかもしれないと、内心恐れていた。自分と郁雨だけの関係ではなく、郁雨をふくめた実家堀合家と啄木との間で、なにか取り返しのつかないことが起こるかもしれないという不安だった。実家だけのことなら、石川家の嫁となった時点で、ある程度の覚悟はあったが、そこに郁雨の存在が絡んだとき、どのようなことになるのか。

単身北海道へ渡った啄木を追い、まだ生まれて半年の京子を抱いて函館東浜桟橋に着いた時、啄木と一緒に函館苜蓿社の同人たちが迎えてくれたが、その中に長身の郁雨・宮崎大四郎もいた。その時以来の付き合いだが、小樽、釧路、東京と激しく動く啄木の留守を必死に守る節子の健気さに郁雨がほだされていく。金銭面での援助も大きい。いつしか節子は一歳年長の郁雨を「ほんとのお兄さん」と慕うようになっていった。いまは妹の夫だが、実家との関係を絶たれてしまった節子が唯一甘えられるのは郁雨しかいなかった。

いっぽう、郁雨の立場は複雑だった。病身の貧しき天才啄木を支えるのは自分しかいない。ほぼ「使命」として、その覚悟はある。しかし現実の啄木の、とくに家庭経営に関しては、あまりの杜撰《ずさん》さに溜息が出る。まわりの人、とくに節子に対しては、身勝手がすぎる。苦境を自ら招く啄木の「自己撞着」はあまりに悲しい。「貴女ひとりの写真を」と書いたのも、啄木のいないところでの節子の様子を知り、堀合の両親を安心させたいと思ったからだったのだが、同情から発した愛情もなかったとは言えない。もちろんプラトニックな関係ではあったが、「肉親またはそれに繋がる近い身内として不幸に喘ぐ節子さんに寄せた私達の愛情に、行き過ぎや落度があった」かもしれないと、のちに語っている。函館時代に、節子と連れ立って家さがしをしたときの「わが妻と家主は見けむつれ立ちて家借りに行きし啄木の妻」という歌に、郁雨の微妙な心持ちが見える。また節子の妹ふき子との結婚に際しては、「総てを捨て一途に恋をつらぬきし姉に曳かれし恋かも知れず」と詠んでもいる。大事な友人の妻としてやさしく遇し、やがて義理のきょうだいとなるうちに啄木が切歯扼腕したように「友情を裏切る」形に近くなっていったのだ。

そこにはひとつ、郁雨が見誤っていたことがあった。家庭生活の実体がともなわず、ある種わがままな男としか見えない啄木が、一家の長として封建的な権力をふるっているのは事実だが、そのじつ啄木は、両親や娘京子、妹の光子たちに対する「家族愛」にあふれる息子、父、兄であり、なかんずく妻の節子に対しては、なにものにも代えがたい愛情と執着を持ち続ける夫であったのだ。かつて節子について「我が初恋――否一生に一度の恋」「天が下に唯一人のせつ子よ」と書いた啄木にとって、自分から節子を奪おうとする行為は、誰であろうと絶対に許せない。いや、それが郁雨であったために、余計に激した。節子が郁雨に深い感謝と親しみを感じていることを知っているから、嫉妬も倍加した。

啄木は義父堀合忠操と義弟郁雨に手紙を書いた。堀合家とはすでに義絶しているが、その念押しで、郁雨に送ったのは絶交状である。また、函館出身で郁雨とは学生時代から親しい丸谷《まるや》喜市にこのことを話した。丸谷はのちに経済学者となり、神戸経済大学の初代学長になった男だが、この頃、啄木と親しくなり、まるで書生のように、手となり足となって啄木一家を助けていた。啄木も丸谷の友情に甘え、いろいろな相談事を持ちかけたりしていた。死の床からの妹光子への啄木最後の手紙は、口述し丸谷に代筆してもらったものである。また、自分の死後に日記を焼いてくれと、節子、金田一以外に丸谷にも頼んでいた。

話を聞いた丸谷は、すぐ郁雨に連絡した。「夫人に対する君のこころ及び君の在り方はPlatonicなものと思うが、それにしてもこのまま石川家との交際乃至《ないし》文通を続けることは、結局、啄木夫妻の生活を危機に陥らしめる虞《おそれ》がある」。啄木夫婦のこれからを考えて、ここは黙って身を引けと二歳上の郁雨に忠告した。近くで啄木と節子を見ている丸谷の意見を容れて、郁雨は「啄木夫妻の幸福を祈るため」に義絶を受けいれた。そしてこれ以後、郁雨からの援助は途絶え、啄木一家は貧窮のただ中に孤立することになる。

節子は、妹ふき子の立場を思って啄木に謝り、夕方、髪を、結えないほどに短く切った。節子なりの深謝と覚悟を表したのである。見知らぬ町で、夫と離れたまま、義母と娘を抱え、貧乏暮らしを続けていた自分を、常に優しく見守ってくれた郁雨、夫以外に初めて心を許したかけがえのない「兄さん」を、この日で忘れることにしたのだ。

啄木も郁雨の気持ちがプラトニックであることを疑ってはいなかったから、一両日で不愉快な事件も「キマリがついた」として、節子を「家に置く」ことにした。光子が一三日に帰郷する時、啄木夫妻は「外見はもういつもの仲のよい夫婦になつていた」

だが、いっぽうの郁雨にしてみれば、啄木の稀有な才能を認め、その生活を支援し続けてきたけれど、その胸の裡では、夫の文学的成功を信じ、それだけを心の支えにして実生活で辛酸を嘗《な》め尽くしてきた健気な節子に、啄木はなぜ充分応えてやれないのか、夫として、男としてそれでいいのか――という義憤がわだかまっていた。

たとえばその釧路時代。それなりの給料をもらいながら小樽に残した母と妻子にろくに送金もせず、小奴という芸者に入れ込んでいた啄木――。残された三人の窮状を、啄木の小樽時代の友人で、釧路新聞入社も取り計らってくれた沢田信太郎は次のように書いている。そしてそれは、郁雨もよく知る情景である。

「……久しぶりに花園町の留守宅を訪問すると、老母堂も節子夫人もお京ちゃんも皆健在であつた。併し上がり框《かまち》に建てゝあつた二枚の障子が取払われて、表の風が吹き通しになつてゐた。驚いて見廻はすと奥の六畳間との境に建てゝあつた四枚の襖も外づしてある。此のガランとした空家同然の処に、行火《あんか》と火鉢を擁して親子三人が寒々と身を寄せ、厳寒の北風に吹き曝しになつて居る。一体是はどうした訳かと、挨拶を忘れて尋ねかけると、実は金が来ない為に今朝余儀なく道具屋に売り払つて了《しま》つたと老母堂が答へる。夫人は下を向いて眼に一ぱい涙をためて居る。……」。畳は今晩だけ借りたもので、明日からは間借りすると言う。

沢田は同じ手記のなかで、やがてカツだけは娘婿の山本千三郎方に世話になり、「其の後の夫人と愛児の二人きりの生活は、何とも云へぬ程無惨《むざん》なものであつた。寝るにも起きるにも着た切り雀は止むを得ないとして、未《ま》だ二十二の若い夫人が、幾日も櫛を入れない油気の脱《ぬ》けた髪を額《ひたい》から頬に垂れて、火鉢もない八畳間に七輪に僅かの炭火を起して、京ちゃんを膝に抱いたまゝ悄然としてゐた姿などは、蓋し啄木と雖《いへど》も想像しなかつたであらうと思ふ」と書き、声高ではないが、啄木を非難した。

やがて郁雨が救いの手を差し伸べ、函館で自分の庇護下において、節子にそうした苦労はさせなかったけれど、それまでの節子の苦労をつぶさに見てきたのである。そして自分を兄と慕いながらも、どんな状況でも夫啄木のことを決して悪く言うことのない節子に感心し、心を動かされたとしても不思議ではない。

健気な節子は「兄」に宛てた手紙で「啄木が偉くなれるかなれぬかは神ならぬ身の知る事が出来ませんが……然し私は吾が夫を充分信じて居ります。……啄木の非凡な才を持てる事は知つてますから今後充分発展してくるやうにと神かけていのつて居るのです。……四年も前から覚悟して居りますもの、貧乏なんか決して苦にしません」と宣言し、「あゝ夫の愛一つが命のつなですよ」「啄木は私の心を知つてゐるだらうと思ひます」と結んだ。この夫婦の間に割って入ることなど出来るわけがない。逆にその「安心感」が、郁雨に油断をさせたのかもしれなかった。ともに家庭持ちとはいえ、郁雨、啄木、節子ともまだ二〇代半ばの若さだ。自らの心の動きを客観視できなくとも無理はなかった。なかでも郁雨は「恋を恋する」ようなところのある青年だった。そうした郁雨のやさしさ、裏を返せば人生に対する「甘さ」から起きた偶発的な事件だった。

事件は収まったが、啄木から「もう借金のあてはない。たいへんな暮しになるが、節、お前辛抱できるか」と問われて、節子は、あらためて事の重大さに気がついた。毎日食べて生きていくことこそが大事なのだ。やっていけるのか。

翌日から節子は家計簿をつけはじめた。一四日の所持金は一円七一銭。だが、この夜、京子が四〇度を超す熱を出した。薬代、氷代などで、あっという間に一円四五銭五厘が消えた。毎日がそうした綱渡り状態になり、質に入るものは次々に部屋から消えた。質屋通いや朝日新聞社への前借りに出かける節子に代わり、カツがまた炊事家事を担当し、もう嫁姑の諍いなどしている暇さえない。いまや二人は一家が生き延びるための「同志」である。カツは啄木の発病以来、その回復を願って「茶絶ち」を続けている。自分の唯一のたのしみを封じたのである。母親もまた、息子を愛している。

茶まで断ちて
わが平復を祈りたもう
母の今日また何か怒れる

薬飲むことを忘れて、
ひさしぶりに、
母に叱られしをうれしと思へる。

一〇月二七日、真一の一周忌がきたが、なにも供養らしいことは出来ない。二銭の花で仏壇を飾り、三銭の蠟燭を灯して一〇銭の菓子を供えた。「真坊、お父さんや母さんの病気が早く癒るやうに守れよ」というカツの言葉に、啄木も節子も泣いた。

啄木は、もう本を買わないし、貸本を借りることもやめている。唯一の「贅沢」が、新聞を数紙とっていることで、切れ目のない三八度台の熱に苦しみながらも気になる記事を切り抜いている。そして、金にはならないが、どうしてもやっておきたい「仕事」に集中した。ロシアの革命家・アナーキズムの理論家であるクロポトキンの『ロシヤの恐怖』英語版を書き写すことである。一一月半ば、一月《ひと》がかりの「仕事」が終わり、「節、見てごらん」と、珍しく機嫌のよい啄木から完成した写本を手渡された節子は、その仕事ぶりに驚いた。美しい筆記体で、字間、行間も揃えて書かれたそれは、まるで印刷物であるかのような見事な出来栄えだった。だが無論、金になるものではない。生活に追われ、まったく余裕のない妻にしてみれば、文句のひとつも出そうなものだったが、節子は静かに涙を拭いながら、いつまでも夫の努力の結晶を見つめていた。

そんな日もあったが、現実は、貧乏と病から逃れることの出来ない苦しい日々の連続だった。昏《くら》い空気に満たされたまま明治四四年は暮れていった。

明治四五年一月一日、元旦の日記に啄木は「今年ほど新年らしい気のしない新年を迎えたことはない」と書いた。暮の三〇日から続く三八度を超す熱は下がらず、不愉快で仕方がない。朝、カツと節子がやっと手に入れた餅と芹とで形だけ調えた雑煮を作ったが、まずいと言い、午後にはぐずる娘の頬を叩いて泣かせたりした。夕飯時には「元日だというのに、笑い声ひとつしないのは、おれの家ばかりだろうな」と言って、母や妻の顔を曇らせた。だが二日の朝刊で、元旦に市内電車の車掌、運転士のストライキで電車の走らない正月を迎えたという記事を読んで、それが「保守主義者の好かないことのどんどん日本に起こってくる前兆のようで」気分が少し晴れた。さらに翌日の新聞で、市民は不便を我慢して、ストライキに同情したと知り、国民が「団結すれば勝つ」と意を強くした。

三が日に、近所の人が門口まで挨拶に来た以外、訪問客はなかった。石川家からは、明けて六歳の京子に口上を教え、隣近所に名刺を配らせた。大人はみな病人だし、正月の挨拶に着ていくべき着物もなかった。

四日に並木武雄が顔を出し、五日に、そろそろ哀果が来そうだなと啄木が思っているところへ、午後の早い時間にやって来た。牧水はだいたい夜だが、哀果は日のあるうちに来ることが多い。見舞いだと言って、缶入りのおこしと九州から届いたザボンを持ってきてくれた。啄木はうれしかった。涙が出た。訪れる人もない昏い正月に、こうして来てくれる友がいる。友だちとは、なんとありがたいものか。自分も彼らのよき友でいたいと心から思った。

この新年に向けて、啄木は数少ない年賀状を書いたが、哀果に書いたものは、彼の友情に対する感謝に満ちたものだった。

「謹賀新年　もう間もなく我々が交際を始めた一周年記念日が来る。この一年の間に、君が病中の僕に対してそゝいでくれた友情が、友のすくない僕にとつてどれだけ貴といものであつたかは、君も知つてゐてくれるだらう。僕はそれを年をとるまで忘れたくないと思ふ。

どうか今年はいゝ事が沢山あつてくれ――君のためにもさうして僕のためにも」

ともだちのくれた珍しい果物だよと京子に教えながら、夜に家族みんなでザボンを食べた。節子が包丁を入れる前に、啄木はザボンを撫でてみた。不思議な肌触りが啄木の鈍い神経に「一種の悲しみ」を伝えた。

九日には、朝から気分がよくて、一月《ひと》ぶりに風呂屋に行った。ひどい垢を落とさせ、「熱い湯につかつて、湯槽のふちに項《うなじ》をのせて、静かに深呼吸をしてゐると、何だか自分のからだに病気があるといふのが嘘なやうに思はれた」。だが、それほど気持ちがよかったのはその時だけで、午後にはまた三八度の熱が出た。あわててピラミドンを飲んで、静かにしていた。年が改まっても、病は好転しない。鬱々たる日々が、また始まっていた。

＊

その二、三日後、牧水は昼前から啄木を訪ねた。前回会ったときの啄木の憔悴ぶりが気になっていた。啄木は横になったまま「やあ」と言ったが、起き上がろうとはしなかった。それでもややあって、にっこり笑うと、言った。

「若山君、新聞記者になったらしいね。その話を聞こうと思っていた。いまはこんな身体で勤めに出てはいないけれど、僕は新聞社とはずっと縁が深いし、いまだって朝日の社員だけど、きみはどうなったんだい」

「いやもう、すぐにやめてしまった。性に合わんのです。何がいやと言って、仕事より洋装にネクタイ……あれが我慢ならん」

「ははは、ハイカラは牧水には合わないか……」啄木は、擦《かす》れてはいたが、朗らかな笑い声を上げた。

「僕らがまともな職につこうと思うと、まあ、新聞記者くらいしかない。実は以前にも中央新聞社の社会部記者をやったことがあるけれど、この時も半年もたずに辞めてしまったよ。僕は、石川君より社会性に欠けていると思うんだ」

中央新聞社務めは四二年の七月から一二月にかけてのことだったが、一〇月に韓国ハルビン駅頭で暗殺された伊藤博文が横須賀港へ無言の帰国をした際の、現地取材に派遣された牧水の臨場感あふれる記事は、各方面から注目された。いっぽう花柳界の花形芸者の会見記も、めっぽうおもしろいと評判になるなど、牧水は「名文記者」として、中央新聞社では、大いに期待を集めていた。

だが、この年の後半は、牧水は大変に忙しかった。次の年一月に出す第二歌集『独り歌へる』の出版準備に加え、三月には東雲堂から牧水編集の詩歌雑誌『創作』を刊行することになって、これには命がけで取り組む気持ちで、もはや新聞記者などやってはいられなかった。そもそも新聞社に勤めようなどと思ったのは、その年のはじめに小枝子の妊娠が分かり、もはや復活はあり得ないはずの恋の行方がどう転ぶか分からず、まだ未練たっぷりの牧水が、「新生活」を考えてのことだったのだ――。

それからすでに二年、華々しく始まった『創作』は、各方面から称賛されたが、やがて東雲堂との関係が悪くなり、四四年の一〇月号で解散となった。小枝子との恋も、子どもが亡くなり、小枝子自身も関西に連れ戻されて、ついに終わった。

だが新しく太田喜志子という想い人を得て、牧水は元気を取り戻し、喜志子との新しい生活のために、また新聞記者になったのが、この日の話なのだが、案の定、無理だった。やはり俺は歌人だと思い至り、いまは新雑誌『自然』の発刊を考えている。

「だから石川君、創刊号に、いや毎号ずっと、君の原稿がどうしてもほしい。身体が大変なのはよく分かっているけれど、なあに、頭がしっかりしているから大丈夫だよ。ぜひ頼むよ」と牧水が言うと、啄木はうれしそうに、

「書くよ、もちろん。書きたい」と返した。

啄木がそんな明るい顔を見せたのは、それが最後だった。急に苦しそうに咳をすると、あ

おむけに戻って、やがて言った。

「若山君、元気な君がうらやましい。僕は、啄木は、もう死のうとしているんだよ。つい昨日までは、自分が死ぬなんて思いもしなかった。でも昨晩、ああ、自分は死にかけているんだと、はっきり分かったんだよ。だけど、僕は生きたい。若山君、生きて、もっといい作品を書きたいんだよ。だから君の誘いはとてもうれしい」

「石川君……」。牧水は言葉が出ない。客観的に見れば、たしかに啄木は死にかけている。生き延びさせるためには金がいる。それも一時的なことではどうにもならない。他のことなら、どうとも役に立ちたいが、こればかりは自分の力に余る……。

やがて啄木が眠りに落ちると、牧水は静かに座を辞した。

歩きながら牧水は思った。「俺に出来ることは何なのか。やはり一日も早く『自然』を発刊することだ。そこに、いい作品が書けたら、啄木も元気を取り戻すだろう。そのためにも……」

このとき牧水は喜志子との結婚を決意した。喜志子が居てくれれば、きっとすべてはうまくいく。喜志子といれば、そうした力が身内からふつふつと湧いてくるはずだ。

前年の夏、太田水穂の家で初めて会って、そのすぐあと、秋口には上梓したばかりの第四歌集『路上』を喜志子に贈った。

『路上』には、四三年一月から四四年五月までの四八三首を収めているが、時期的に、小枝子との恋の行方が迷走し、悩み、ついには別れることになった一年半に詠んだものである。喜志子と結婚する気なら、隠しておきたい歌も多いが、歌は自己確認のために詠むという牧水は、「これが私だ。若山牧水はこんな男だ」と、すべてを明らかにすることに迷いはなかった。

海底《うなぞこ》に眼《め》のなき魚の棲《す》むといふ眼の無き魚の恋しかりけり
われ二十六歳《にじふろく》歌をつくりて飯《いひ》に代ふ世にもわびしきなりはひをする

そして、いくつか、破れた恋と恋人のことも詠んだ。

わが小枝子《さえこ》思ひいづればふくみたる酒のにほひの寂しくあるか
あはれなる女ひとりが住むゆゑにこの東京のさびしきことかな
五年《いつとせ》にあまるわれらがかたらひのなかの幾日《いくひ》をよろこびとせむ

同年齢なのに、空しく死に向かう啄木、新しく生き直そうと決意する牧水。たがいの思いが交錯する寒い冬の一日だった。

＊

そして、復活を希う啄木の束の間の安逸を嘲笑《あざわら》うかのような日々が訪れる。

一月一九日、咳が激しい節子に代わって、母のカツがひとりで炊事を引き受けていたが、その母がこの二、三日、痰と一緒に血を吐くようになった。顔色もあまりに悪いので熱を計ると三八度二分、脈拍が一〇二だった。医者に診せたいが金がない。とりあえず休んでもらうしかない。体調不良の節子がまた家事炊事をやることになった。娘の京子も熱を出している。啄木は「私の家は病人の家だ。どれもこれも不愉快な顔をした病人の家だ」と日記に書き、節子に「家の者が皆肺病になって死ぬことを覚悟している」と言いつつ自分の熱を計ってみると三八度一分だった。薬はない。唸るような泣き声が出てしまう。死ぬかもしれないと言いながら、なんとかして生きなければ……と日記に書いた。

翌日、母の吐血は止まらない。だが、売薬を買う金さえない。母には「少し金をこしらえるから待ってくれ」と言ってあるのだが、実は、そのアテはない。思いついて森田草平に手紙を書いて、原稿料で返すからと借金を申し出た。そこへ丸谷喜市と並木武雄がやって来た。二人は、啄木とは函館以来の文学仲間で、このころ啄木をよく訪ねて来て、話をしたり、身の回りの雑事を引き受けてくれたりしていた。啄木の長男真一がわずか二三日で亡くなった時には、この二人と与謝野寛の三人が会葬してくれた。啄木の話を聞いた丸谷が、お見舞いに、と一円を置いていった。その金で痰咳の切れる薬と解熱剤を、母のために購入した。

さらにその翌日、森田草平が一〇円を持ってきた。夏目漱石夫人に話したら、「すぐにこれを」と渡されたのだという。夫人には会ったことはない。これはきっと漱石の気持ちだろう。啄木は大いに恐縮した。大量の征露丸ももらい、それを飲んだら、夜に熱が三六度七分五厘まで下がり、二月《ふた》ぶりの六度台に、啄木はうれしくて仕方がなかった。

しかし、翌二三日、熱はまた三八度台に上がり、がっかりした啄木を決定的な禍事が襲う。この日、母はやっと医師の診察を受けたが、その結果、「痼疾《こしつ》の肺患」があり、もう左の肺はほとんど用をなさなくなっているというのだ。またその後やって来た、森田草平紹介の医師の見立ても同じで、もうこの寒い冬を乗り切ることは出来まいということだった。母想いの啄木が暗澹たる気持ちで書いた、この日の日記は悲痛なものとなった。

「母の病気が分つたと同時に、現在私の家を包んでゐる不幸の原因も分つたやうなものである。私は今日といふ今日こそ自分が全く絶望の境にゐることを承認せざるを得なかつた。私には母をなるべく長く生かしたいといふ希望と、長く生きられては困るといふ心とが、同時に働いてゐる……」

啄木は声を殺してすすり泣いた。

わが病の
その因《よ》るところ深く且つ遠きを思ふ。
目をとぢて思ふ。

丸谷からの一円と森田草平が持ってきた一〇円は、一週間で一円になってしまったが、そこへ、一月二九日、朝日の佐藤真一編集長が、社の一七名からの見舞い金三四円四〇銭と新年宴会酒肴料三円を持って来てくれた。啄木は、ありがたさに涙ぐみ、お礼の言葉も出てこなかった。

その金で、啄木は最後の「贅沢」をする。

その夜、まず、節子の綿入と羽織と帯を質屋から出させた。翌日、節子が京子を連れて本郷まで買い物に行き、玩具や前掛けを買ってやり、こしらえ直す予定の啄木の着物も質屋から出してきた。さらに夕食後、啄木はふらふらする身体で「非常な冒険」に出る。俥に乗って神楽坂の相馬屋まで原稿用紙を買いに行ったのだ。またその帰りに、本屋でクロポトキンの『ロシヤ文学』二円五〇銭を買った。使ったのは、俥代も入れて四円五〇銭だった。

「いつも金のない日を送つてゐる者がタマに金を得て、なるべくそれを使ふまいとする心！

それからまたそれに裏切る心！　私はかなしかつた」

だが、二月に入って二〇日も経つと、もう金が足りなくなった。自分と母の薬代がかさむ。医者は薬価の月末払いを承諾してくれず、この間に、仕立て直した自分の袷《あわせ》と下着は一晩家に置いただけで、また質屋へ。節子の帯も同じ運命を辿った。

ある時は三九度にまで上がるほどの熱に苦しめられ、衰弱した啄木は、明治四五年二月二〇日火曜日を最後に、以後、日記を書いていない。

そして三月七日、母カツが六六歳でついに瞑目した。死の床に、夫の一禎はいなかったが、愛息の一と、その息子をめぐって七年ちかく愛憎なかばする嫁姑関係を繰り広げた節子に見守られながらの静かな最期だった。前の晩に光子からの手紙と金が届き、夜中に「みいみい」「みいが居ない」と光子を呼んだきり声が途絶え、翌朝、節子が見たときには、すでに手足は冷たく、息はしているが、呼びかけにも返事はない。啄木も床から這いずりだして声をかけるが反応はない。孫の京子が祖母の手を握ってみたが、その手が固く冷たいのを感じて、慌てて手を引く。呼ばれた医者がやって来たが、その診察中にこと切れた。

葬儀は、丸谷喜市と哀果が世話をしてくれて、哀果の実家である浅草等光寺で九日に執り行なわれた。遺骨も預かってもらった。

啄木の悲嘆は大きかった。父一禎の失敗から若くして「家長」の役を担ったが、その実、母や妻子に貧乏暮らしをさせながら、自分は我儘で放埓な生活を続けた。とくに母には頭が上がらない。妻や子を、もちろん愛してはいるが、母はまた別格であった。カツと節子が、なにかで反目する事態になると、啄木は本当に困った。身の置場がなく、結局、啄木が癇癪を起こすことで、事をうやむやにすることも多かった。

もうお前の心底《しんてい》をよく見届けたと、
夢に母来て
泣いてゆきしかな

息子の「一《はじめ》」を溺愛するカツは、北海道での苦しい生活を続けながら、常に節子と共に居ることを選択した。嫁に同情したからでもなく、孫娘が可愛かったからでもない。もし離れて暮らしたら、啄木が妻子を呼び寄せるとき、自分が呼ばれないことを危惧したからである。啄木は小樽の妻子を函館の郁雨に託して上京する際、郁雨から「節子さんと京ちゃんはうちで当分責任をもつ。君は一人身になって東京で、今度こそ文学で身を立てるべきだ」と言われ大いに勇気を得た。だが、それを知ったカツが岩見沢の娘婿山本千三郎宅から、函館へ移る準備中の小樽の家にやって来て、節子、京子との函館での同居を強く主張した。子どものように聞き分けのない強情な母に、ほとほと困り抜いた啄木だったが、結局、母の希望に添う道を選んでしまった。後から考えれば、ここが啄木の運命の分かれ道だったのだが、啄木は母を説得することが出来ず、もちろん節子が口を挟むことなど出来なかった。

カツは武家の出らしく厳しい反面、四男三女の末娘として、どこか大らかで、息子から見ても可愛らしいところがあった。普段の暮らしなら、たわむれに背負ってみることも出来る母であったのだ。

たはむれに母を背負ひて
そのあまり軽きに泣きて
三歩あゆまず

一家の不幸の原因が母にあったのだと思うけれど、亡くなってしまえば、ただただ哀れでならず、啄木は幼い頃の自分と若く凛《りん》とした母の姿を何度も思い出しては涙した。

カツの死の少し前、一月に金田一京助の二歳の娘が亡くなった。そのことを知った啄木は、丁寧なお悔やみの手紙を書き送った。京助が丁寧すぎると訝《いぶか》ったほどであったが、啄木が京助を勝手に批判し、しばらく続いていた疎遠な時期は、これで終わり、旧情は復活した。

カツが亡くなると、啄木は京助に「暫くだ。逢いたい、来て下さい」とハガキを書いた。京助が三月一〇日に訪れると、啄木は横になったまま、消え入りそうな有り様で母の死を告げ、とくにカツが、まるで自分たちに迷惑をかけまいと夜中にひとりで冷たくなっていたのに朝になって初めて気づいたとは、自分はなんという不孝な息子なのか、死に水をとってやることも出来なかった——と嘆いた。声涙ともに下る様に京助も涙をさそわれたが、それより、見る影もなく痩せて、青黒い顔に頬骨が浮き上がり両の眼窩が落ちくぼんだ啄木の病の篤さに、京助は暗澹たる気持ちで帰宅した。四月の三日にまた訪ねてみると、さらに痩せ衰え、まるで幽霊のようになっている。そして、「ひょっとしたら、僕も今度はだめだ」と言う。京助が「医者は?」と訊くと、「薬代が払えないものだから、薬もくれないし、来てもくれない」とこぼした。「うーん」と京助が呻《うめ》くと、啄木は「いくら自分が生きたいと思ったって、……こんなだもの」と言って、夜具の脇を上げて自分の腰を見せた。そこには骸骨のような脚と突き立った骨盤があった。恐ろしいものを見た驚きで、京助が「これじゃいけない。なによりも、とにかくまず好きなもので滋養になるものを食べて……」と言うと、啄木は「好きなものどころか、米さえないんだ」と顔をゆがめて笑った。

京助はたまらず「ちょっとお待ちぇんせや」と国訛りで言うと、自宅へ駆け戻った。自宅に生活費の一〇円ちょっとがあった。脱稿したばかりの『新言語学』の稿料二〇円は、明日にならないと入らない。明日まで待てないと妻の静江に言って一〇円を出させ、京助は啄木の家に急いだ。途中でドンが鳴った。天気がよく、桜が満開で、神武天皇祭の休日とあり、町はうきうきした雰囲気に満ちている。

「ほんの少しですけれど」と、京助が一〇円を差し出すと、啄木も節子も何も言わない。不躾だったろうか、と京助が気にしながら見ると、啄木は固く目をつぶって、涙をこらえながら、蒲団から片手を出して、拝む手つきをしている。節子は下を向いて畳にぽたりと涙をこぼした。京助も胸がいっぱいになり、しばらく三人は黙ったまま泣いていた。

やがて啄木が、「こう永く病んで寝ていると、しみじみ人の情けが身に沁みる。友だちの友情ほどうれしいものはないよ、本当にありがとう」と静かに言った。京助が、「ちょうど、僕の言語学の本が脱稿してね、原稿料が入るから……」と言うと、啄木は、「それはよかった。すばらしいね、いや、おめでとう」と自分のことのようによろこんだ。

京助は、感謝されるだけの十分な援けにはなっていないと思って、五日後に、「せめてもの」二円をまた届けた。

金田一京助は、宮崎郁雨以上に、啄木を経済的かつ精神的に支えた人物である。啄木より四歳年長、盛岡尋常中学校の先輩であり、「花明」という雅号で短歌を詠み、文芸雑誌の

『文庫』『明星』などに投稿していた。そんなことから啄木と親しくなり、その上京当初から啄木を支えてやっている。啄木は、先輩の京助をずっと「金田一君」と呼び、長幼の序などどこ吹く風という付き合い方だったが、京助は、そんな啄木のどこか剽軽《ひょうきん》で悪びれないところが好きで、いろいろと面倒をみてやった。

といって京助が特に経済的に裕福だったわけでもない。啄木と京助は本郷区菊坂町の赤心館時代と森川町の蓋平館別荘時代のほぼ一年間、同宿しているが、京助は、赤心館の下宿代を払えず家主や女中たちに虐《しいた》げられる啄木に、自分の衣服を質に入れて得た一二円をそっくり渡したり、意気込んで書いた小説も売れず鬱々としていた啄木が、それでも気を取り直して鷗外の観潮楼歌会に出かけている間に古本屋を呼び、国語学とアイヌ関係文献以外の自分の文学書を売り払って、二人で蓋平館に引っ越すための四〇円を捻出したりした。

これを知った啄木は、涙をにじませ、「予は、唯、死んだら貴君を守ります」と言った。しかし京助は、「柄にもない文学かぶれを清算して、これから一直線にアイヌ語に進むよ。僕はこれでせいせいした」と笑って言った。

啄木は、よく京助の部屋へ押しかけては、いろんな話をしたが、京助は、いつも聞き役に徹していた。ただ啄木の論理が飛躍すると、「いや、そこは……」と口を挟んだ。啄木は後に、一番と言っていい親しい京助のことを批判したり、小説の登場人物のモデルにしてくさしたりしたが、それは啄木が、あらゆる「束縛」から逃れたいと思った時期に、あまりにも京助が身近に感じられたからである。それ以前には、日記に
「金田一といふ人は、世界に唯一人の人である。かくも優しい情を持つた人、かくも浄らかな情を持つた人、かくもなつかしい人、決して世に二人とあるべきで無い。若し予が女であつたら、屹度《きつと》この人を恋したであらうと考へた」と書いたほど、金田一京助を愛していた。京助も、四年前、啄木の最初の上京時に会った頃より肩の力が抜けて自然体で語る啄木に好感を持った。
「……私の涙ぐましい程、嬉しくもなつかしかつたのは何を云ふにも、今度の石川君は、しみ〴〵として、気取りもなければ、痩我慢もなければ、見栄坊もなく、一切の過去を綺麗に清算して少しのわだかまりなく、眞實眞底から出て来る本音のやうなことばかりが口を出る、という気分だつたことである」
そして、ひょんなことから、啄木のおかげで京助の結婚相手が決まった。京助によると――、
本郷真砂町の貸本屋の山本太市郎が、蓋平館に出入りし、啄木はすぐにお得意様になる。ある時、京助の部屋で、啄木が山本に「君は方々の家庭に這入《はい》るだらうが、どこかに好い娘さんが無いかね、あったら世話し給へ、こっちは文学士で、大学の講師だ」……正直な爺さんが丁度心あたりがありますよ、と本気になって、とうとう二人で見合いの段取りまで決め

てしまった。仕方なく、京助はその娘・林静江に会うが、といって求婚したわけではない。しかし、そのことを京助が親に「近頃こんなことがあつたと書き送ると、父がまた飛んで出て来て忽《たちま》ち取りきめて運んだのが私の結婚だつた。私の生涯の決定も、実を云へば、気まぐれな石川君の無聊《ぶりょう》の産物の一つにほかならない」という、笑い話のようなことだった。京助の結婚は、啄木が蓋平館を出て、家族と「喜之床」二階に住むようになって半年後のことだった。自身の結婚を間近に控えながら、京助は節子の家出問題に付き合わされている。

そんなふたりの仲だから、友情は以前にも倍するものになったが、もう京助にも、いや、誰の眼にも、啄木の生命の灯が消えかけているのが、はっきり分かるようになっている。

ある日、啄木は朝から発熱し、食事もほとんど出来ずに苦しんでいた。節子は何度か枕元に座って、濡らした手拭を額に載せてやったりしながら、じっと啄木を見つめていた。夜になって、熱との戦いに疲れ果てた啄木の顔が薄暗い灯りで陰影深くなると、節子は、啄木の頬にそっと唇をあてた。それから立ち上がると、娘の眠る隣室を気にするように、ちょっと振り返ったあと、するすると着物を脱ぎ、一糸まとわぬ裸になり、すでに八カ月の身重の身体を啄木の横に滑り込ませた。そして啄木の浴衣の前をはだけさせ、ぴったりと身体を合わせた。

啄木は一瞬、何が起こったのかと驚いたが、節子の吐息を胸に感じてことの成り行きが分かると、声を発することもなく、眼も瞑《つぶ》ったままだった。冷たい節子の身体が熱で火照った全身に気持ちよかった。柔らかい乳房に自分の胸の弱々しい鼓動が伝わっていくのが感じられ、細くなった手をそっと新しい生命の宿る節子の腹にあてて二度三度やさしく撫ぜた。声には出さなかったが、「せつ、おれはもう駄目かもしれないが、元気な子を産んでくれよ」という願いを込めた。

しばらくそうして啄木の芯熱を取ってやった節子が、身を起こし、啄木の瞑った右眼の上に唇を当てると、突然、瞼を吸った。驚くと同時に、「ああ……」と声が洩れそうな奇妙な甘い感覚に、啄木は陶然となった。はじめて知る不思議な恍惚感——己の苦痛のなにもかも節子に預けてしまえばいいのだと錯覚させられる気分だった。やがて節子の唇は啄木の唇にやってくると、接吻は軽かったが、長く続いた。口を開けさせず、もう二度と咳をさせまいということなのか……啄木は「ありがとう」という言葉を飲み込んだまま、静かに眠りに落ちた。

第四章　啄木の死

四五年三月一六日、牧水は信州へ旅立った。目的はふたつ。各地で歌会を催し『自然』発刊のための資金を集めること。もうひとつは喜志子に会って、自分の気持ちを伝える、すなわち求婚することである。午後七時過ぎに雪の坂城《さかき》駅に到着し、出迎えた山崎斌の家にしばらく逗留することになった。

一九日、雪もやんで、馬車で上田に向かった。それからは信州の各地で歌会を開催したが、実質は飲み会である。連日、飲み続けた。二九日の夜は、麻積《おみ》駅前の料理屋が会場だったが、そこにたまたま知人に誘われた喜志子がやって来た。驚いたり喜んだりの牧水だが、ゆっくり話も出来ない。牧水のその夜の宿は山崎の実家だったが、帰る汽車のなくなった喜志子も泊めてもらった。翌朝、牧水は今日こそ大事なことを話したいと、喜志子にもう一泊するようすすめたが、喜志子は広丘村の自宅へ逃げるように帰って行った。前年末に東京暮らしを止めて実家へ帰ってくる際に、太田水穂夫妻からそれとなく、牧水が喜志子との結婚を望んでいるようだと聞かされていたけれど、「まさか……」と、まるで実感が湧かない。この朝、牧水が何を言いたいのか、もしや、と察しはついたが、ここでそんな話をされても困る……。

帰り着いた喜志子あてに翌日、牧水から葉書が届く。ぜひ会いたい。四月二日のこの時間に、広丘村に近い村井駅に着くので来てほしいという内容である。会うのはいいが、どんなことになるのか不安もある。喜志子は、妹の桐子を誘った。桐子も歌を詠む文学少女であったから、当代一流の歌人に会えると聞き、喜んで同行した。

汽車が着くと、絣の着物にセルの袴、鳥打帽をかぶって手提げ袋を持った牧水が降りてきた。

窓越しに、短い会話で済むと思っていたから喜志子はうろたえたが、妹同伴でやって来た喜志子に、牧水も面食らった。だが、この機会を逃すわけにはいかない。結婚すれば義理の妹になるのだから、かまうものか。牧水は提案した。「喜志子さん、次の駅まで歩きながらお話ししたいことがあるので、付き合ってください」

三人は駅の裏手の野原に出た。この先には桔梗ヶ原が広がる。その中に線路に沿った一本の道がある。塩尻の駅までは二里ほど。若い三人にとっても近い距離とは言えないが、牧水にとっては好都合である。募る思いを充分に分かってもらいたい。牧水と喜志子が並んで歩き、桐子は付かず離れずの距離をとって随いてくる。

中学時代から「オール・オア・ナッシングの恋愛至上主義者」と揶揄された牧水の面目躍如の舞台だ。世間話などしている暇はない。いきなり「太田さんご夫妻とも相談して、勧めていただいたのですが、喜志子さん、僕と結婚してくれませんか」

あまりの直截な物言いに、喜志子は一瞬、息を飲んだ。後ろで桐子も聞いている。どう返事すればいいのか。ここは狐が人を化かすと言われる桔梗ヶ原の松林、だが、これはそんな話ではないはず……。「親に相談しなければ」と、いったん躱《かわ》すこともできないではないが、この人はそんな形式的なことではなく私の気持ちを聞いているのだから、それでは失礼になる。

喜志子は歩みを止めた。後ろで桐子も立ち止まるのが分かった。「はい。ありがとうございます」と返事した。

承諾の返事とも、そこまで思ってくれていることに対するお礼とも取れる返事だったが、牧水の顔がぱっと明るくなった。それから一時間以上、牧水はしゃべり続けた。何を話したか自分でも覚えていないほどだったが、沈黙の時間があると喜志子が翻意するかもしれないと心配で、いろいろな話をした。だが、さすがに小枝子のことには触れなかった。喜志子にはすべてを話すつもりだが、いまはその時ではない。

遠い道のりも、気がつけばもう塩尻の駅だった。駅前の茶店で汽車を待つ間、牧水は最近出版したばかりの『牧水歌話』を取り出すと、扉に「今日の記念に、四月二日、牧水、太田喜志子様」と書いて渡した。もう少ししゃれたことを書きたかったが、桐子がいるので遠慮した。次の汽車がやって来た。今夜は上諏訪に泊まるという牧水は、乗り込むと車窓から「喜志子さん、必ず来てください。待っています」と声をかけた。一日も早く上京してほしい。

喜志子は、歩きながら聞かされる牧水の求婚の言葉に、駅に着く頃には気持ちが固まっていた。この、なんともまっすぐな、心根のやさしい、素晴らしい歌人の妻として、一生、この人を支えていこう。それがきっと私の運命……。車窓から自分を見つめる牧水の瞳が、初めて会った時以上にきらきらと輝いている。胸が高鳴り、顔が火照った。

手を振り続ける牧水を乗せた汽車が見えなくなると、桐子がいきなり抱きついてきた。

「姉さん、おめでとう！」

家に帰りついた二人は何も言わなかったが、母は何かを感じたようだった。病弱な私を助けるために進学を諦めた喜志子は、小学校の裁縫教師を務めたりしながら、文芸投稿誌『女子文壇』では、その文才を認められている。今日は高名な歌人の若山牧水に会いに行ったそうだが、なにかこの子のためにいいことであってほしい……。

母の予感は、すぐに現実の形になって表れる。翌日から、喜志子に宛てた牧水からの長い手紙が何通も届くようになったのだ。

二日の夜、さっき塩尻の駅で別れて、まだ何時間も立っていない。牧水は上諏訪の宿、松川屋で、うれしさに銚子を五本も空けながら、喜志子あての長い手紙を書いた。

「……早速御承諾下すつたことを深く〳〵感謝します。偶然の様で、決して偶然でない。我等ふたりのために今日は本當に忘られ難い、大切な日であるのです。私は何かは知らず、深い〳〵感謝の念が湧いて仕様がないのです。……いつごろ、東京においでになります。早くお目にかゝりたいと存じます。……汽車の中から、湯槽の中から、あゝだからうだといろいろ思つてゐましたが、いざとなると、何にも筆にのりません、のせたくありません、このまゝ黙つて獨りで、思ひます。……嗚呼、四月二日、忘られ難き四月二日……」

もう一通、小枝子との恋の一部始終、患っている病気のことなどを打ち明けた手紙を同封した。もしこれで駄目になるのなら、それはそれで仕方がない。黙ったまま、喜志子を騙すようなことはしたくない。きっと分かってくれるはずだ。

帰京するとすぐに『自然』創刊号への原稿依頼に駆けずり回った牧水だが、六日にまた喜志子に長い手紙を書く。前日に届いた喜志子からの手紙への返信だ。喜志子は両親にそれとなく話したと書いてきた。反対されたとは書いてないが、詳しい様子は分からない。

忙しい日々だが、恋しさと、離れている不安とで心が乱れ、牧水はこの後、一二、一三、二〇、二四、二七、三〇日と、手紙を書き続ける。

喜志子には、当初、戸惑いもあったが、やがて「求められる」幸せを感じるようになっていく。牧水の過去の恋愛についても、隠し事をしたくない、丸ごとの自分を知ってほしいからという真摯な告白であり、私と新しく生きていくための覚悟を示してくれたと、そのまっすぐな気持ちがうれしかった。牧水の心には火花が散っていたが、喜志子の心にも明るい灯がともった。

＊

そんな中、やはり啄木のことが気がかりだ。四月八日、牧水は、久しぶりに久堅町の細い路地奥に啄木を訪ねた。いつも道に迷うのだが、いまは門口の八重桜がここだと教えてくれる。満開にちかい夜の桜を見上げながら、『自然』創刊号に原稿を書けるくらい元気になっていてほしいが……と淡い期待とともに玄関先で「若山です」と声をかけた。

すぐに節子に案内されて啄木の部屋に入った。痩せ衰え、かつての美少年の面影はすっかり失われてしまっている。眠っているのか、動きを見せない啄木に、「石川君、若山です」

と声をかけると、しばらくして、「ああ」と答え、牧水にうつろなまなざしを向けた。

「若山君……、熱が下がらなくてね。僕は……悔しくて仕方がない」

そう言うと、三度続けて咳をし、しばらく啄木は黙った。

眼には涙が浮かんでいる。牧水は何も言えない。やがて啄木は切実な声で訴えた。

「若山君、僕はどうしても死にたくない……。僕はまだ助かる命を金のないために自ら殺すのだ……。見たまえ、そこにある薬が二、三日来絶えているが、この薬を買う金さえあったら……、僕はすぐに元気を恢復する。だがうちにはもう二六銭しか金がないんだよ。しかも、もうどこからも金の入ってくる見込みはない……」

「石川君、あまり……」しゃべらないほうがいいと言いかける牧水の言葉をさえぎって、

「死ぬんだよ、いなくなるんだ、この石川啄木が。許せるかい、そんなことが……まだ君と同じ二六なんだよ」と、声を振り絞り呻くように言うと、しばらく瞼を閉じた。そこに滲んだ涙を拳でぬぐうと、啄木はまた眼を開いて「セツ」と節子を呼んだ。「そこのノートを若山君に……」

手渡されたノートの表に題名はなく、一頁目に「一握の砂以後 明治四十三年十一月末より」とメモしてある。ぱらぱらとめくると、一頁に四首、『一握の砂』と同様にいずれも三行書きの歌が書き連ねてある。その数、ざっと二百ほどと思われる。

「若山君、頼む……。これをなんとか本に、金に……したいんだ。東雲堂なら、僕の歌集、君の歌集、君の『創作』も出していたから……頼みやすいだろう、掛け合ってくれないかい。ぜひ頼むよ。薬代や……米代にしたいんだ」

啄木の苦しく切実な声を聞き続けるのはつらい。節子にノートを返すと、牧水は啄木に顔を近づけ、

「分かった。石川君、やってみるよ。待っていてくれ」

答えて起ち上がる牧水に、またいつものように節子が見送りについてきたが、節子も病に冒されて弱々しい。

「若山さん、いらっしゃっていただき、ありがとうございました」。そして言いにくそうに、「あの、一、いえ啄木が言いましたように、お金がありません。いえ、聞いてくださるだけでいいんです。……貧乏には慣れていますが、いまは薬も買えません。薬があれば、啄木はもう少し生きられると思います。私は石川啄木を、こんな若さで死なせるわけにはいきません。私や娘のためだけではありません。啄木自身の詩や歌のためにも、と思っています。幼い日に出会ってすぐに、この人は天才だと思いました。それからずっと、私は石川啄木を信じ、なにがあってもついて行こう、支えていこうと思ってきました。貧乏なのに贅沢だったり、女遊びをしたり、自分勝手なひとではありますが、文学にかける思いは揺るぎのないも

のです。そんな啄木と共に生きることに、私は人生をかけました。啄木は、自分が死んだら、作品も日記も残らず焼いてくれと言っていますが、私はそうするつもりはありません。それは啄木にも分かっているはずです」

黙って聞いていた牧水は、やっと「はい、石川君は稀有な才能の持ち主です。元気になって、もっと活躍してもらわなきゃいけません」と答えた。

「若山さん、恥を忍んで、いえ、もう忍ぶほどの恥など持ち合わせませんが、なんとか薬代がほしいのです。私の着物も帯も、何もかも質に入れたまま、もうお金になるものが何もないんです」

「分かりました。節子さん、ご承知のように私も貧乏では誰にも負けません。私がお助けすることは出来ないかもしれませんが、石川啄木の原稿なら、きっと大丈夫です。石川君自身の原稿なのだから、恥なんかではありませんよ。なんとかします」

そう言うと、一礼して、踵《きびす》をかえした。その後姿が角を曲がるまで、いつものように節子がじっと見送っている。

牧水は薬屋へ走った。まずは薬だ。薬を届けるのが先決、原稿はあらためて売り込みに行けばいい。だが、啄木の必要とするピラミドンという薬は一円六〇銭だという。

「やんぬるかな……」。牧水は唇を噛んだ。自分の持ち合わせでは足りないのだ。仕方なく、近くに住む友人を訪ねたが不在。もう一人もいなかった。こうなれば京橋区南傳馬町の東雲堂書店に乗り込むしかない。だが、このところ『創作』に関係した事務的な問題で西村社長と折り合いが悪い。せっかくの原稿を無駄にしては元も子もない。どうしたものか……。

翌九日の朝早く、牧水は土岐哀果を訪ねた。哀果は居た。久しぶりに牧水に会って哀果はよろこんだが、牧水の顔は暗い。

「牧水、こんな早くにどうした。なにかあったのか」

「湖友！」牧水は、知り合った頃の雅号で哀果を呼ぶと、

「石川君が……、啄木があぶないんだ。それでちょっと頼みがあって来たんだ。君は最近は啄木に会っていないのか」と聞いた。

「いや、二月に会ったよ。一年前にふたりで計画した『樹木と果実』が結局頓挫したころから啄木は病気になり、僕も精神が弱って、しばらくは会わなかったけれど、僕の第二歌集『黄昏に』が出来たので、啄木のところへ持って行ったんだ。すごくよろこんでくれてね。僕の手を握って『よかった、よかった。そのうち、きっと書評を書かせてもらうよ』って……」

「うん、それは見せてもらった。扉に啄木への献辞を書いていたよな」

「そう、『この小著の一冊をとつて、友、石川啄木の卓上におく』と書いた。僕の精一杯の気持ちさ。でも、そんなことより、啄木の容態は？　かなり悪いのかい」

「容態が悪いのに、それを治す手立てがない、つまり薬を買う金がなくて困っている」

牧水はそれから、啄木の原稿がノート一冊分あること、東雲堂に持ち込んで幾許かの金にしたいが、自分の代わりにそれをやってほしいということを話した。

「分かったよ。まあ大丈夫だと思う。準備して出かけるから、君は帰ってゆっくりしていてくれ。ろくに寝てないんだろ」

いまだに九州の男そのままの牧水にくらべ、哀果は東京人らしく如才ない。人付き合いも上手だ。なんとかしてくれるだろう、やれ助かった、と牧水が表へ出ると、どこからか風に乗って桜の花びらが降りかかかった。桜ももうすぐ終わりか、今年の桜を、寝たきりの啄木はどんな思いで見ているのだろうかと、そんなことが気になった。

土岐哀果は、東雲堂の西村社長に会い、啄木が困っていること、第二歌集の刊行を望んでいること、またその歌集がいかにすばらしいか熱弁をふるい、刊行を約束させ、印税の前渡し金二〇円を受け取ると、すぐに啄木の家に向かった。

哀果が「うけとつた金を懐にして電車に乗つてゐた時の心もちは、……一生忘れられないだらう」と思いながら到着すると、啄木はやっと少し熱がおさまって、さっき眠ったところだという。哀果は節子に「起こさないように」と言うと、二〇円の入った封筒を渡そうとした。

「牧水に頼まれて東雲堂に売り込んできました。これですぐ薬を買ってやってください」

大きく見開いた節子の瞳に涙が溢れた。

「土岐さん、ありがとうございます。これできっと……」あとは言葉にならなかった。

その話し声で目が覚めたのか、休んだと思っていた啄木が節子を呼ぶか細い声がした。

節子と哀果が部屋に入り、哀果が金の入った封筒を啄木の手に握らせると、どんよりと力のない啄木の瞳から涙が溢れ、声にならない嗚咽が洩れた。

だが、すぐに落ち着くと、啄木は、声は小さく聞き取りにくかったが、「原稿はすぐ渡さなくてもいいのだろうな。訂さなくちゃならないところもある。癒ったらおれが整理する」と言う。内容に、まだ満足していない。そして病気が癒える希望を捨てていない。

哀果が「東雲堂にはすぐ渡すといっておいた」と返事すると、「そうか」としばらく無言だったが、節子からノートを受け取り、パラパラと数頁をめくって「では、万事よろしくたのむ」と、ノートを哀果に渡した。

呼吸《いき》すれば、
胸の中《うち》にて鳴る音あり。
凩《こがらし》よりもさびしきその音

『石川はふびんな奴《やつ》だ。』
ときにこう自分で言いて、
かなしみてみる。

やまい癒《い》えず、
死なず、
日毎《ひごと》にこころのみ険《けわ》しくなれる七八月《ななやつき》かな。

買いおきし
薬つきたる朝に来し
友のなさけの為替《かわせ》のかなしさ。

それからしばらく二人は話したが、金が入り薬が買えることで希望をつなぎ、啄木は、病気がよくなったらああしたい、こうもしたいと、弱々しいながらも明るく話した。哀果も、「これでまた元気になってくれよ」と啄木の手を軽くたたいて励ますと、節子に「仕事がありますので、今日はこれで」と立ち上がった。部屋の襖を閉めようとすると、啄木が「おい」と声をかけた。「なんだい」と返すと、「おい、これからも頼むぞ」と言った。「ああ」と二、三度うなずき、哀果は静けさに満ちた家を辞した。これが啄木と哀果の最後の会話となった。次に哀果が訪れたのは、四日後、すでに啄木は冷たくなっていた。

啄木の第二歌集『悲しき玩具』は、全力を傾けた哀果の編集で、啄木死後二月《ふた》ほど後に出版された。書名は、哀果が啄木の文章「歌のいろいろ」の最後の「歌は私の悲しい玩具である」から採って付けたものである。

＊

明治四五年四月一三日、その朝七時半ちかく、まだ寝ていた牧水のもとへ「啄木危篤」のしらせが節子から届いた。驚いて久堅町の啄木自宅に駆けつけると、門を入ってすぐ左にある八重桜が、はらはらと絶え間なく花を散らしている。

ちらと眼をやったが、そのまま玄関から走り込み、無遠慮に啄木が寝ている八畳の座敷の襖を開けると、啄木を挟んで、節子と、会ったことのない若い紳士がいた。節子が、午前三時半頃から昏睡状態に陥ったため、夜明けを待ってお二人を呼んだと手短に説明した。牧水が枕元に膝をついて半身を乗り出し「石川君！」と声をかけると、啄木は薄眼を開いてじっと牧水を見つめたが、すでにその眼はどんよりと濁って、光を失っていた。

僕だよ、牧水だよと言おうとするところへ、節子が「若山さんが見えましたよ。分かりますか、若山さんがいらっしゃいましたよ」と啄木に幾度も声をかけ、座をゆずって台所へ行った。啄木は「もちろん分かっているよ」と言いたげな顔で、牧水に笑いかけたように見えた。声が出せないようだった。

その表情を見て、牧水はちょっと安心したが、次の言葉が出てこない。ただじっと啄木の顔を見つめるばかりだ。死んだ人を見たことはあったが、いま目の前で人が死んでいくという時に、どうすればいいのか……牧水は混乱していた。

だが三、四〇分後、このまま死んでしまうのかと思った啄木の顔に、わずかながら生気が甦ってきた。

「石川君、しっかり！」と、牧水は思わず大きな声が出た。すると啄木は、ゆっくりと言葉を発した。

「若山、君……こないだは……ありがとう。土岐君が、金を……」

「ああ、そうなんだよ。僕では駄目かもしれないと思って土岐に頼んだ」

「それで……すぐに薬を……買って、飲んだよ」

「そうかい、よかった、よかった」

啄木が意識を取り戻したうれしさと、それでも重篤な危機にあるとの思いから、牧水は涙声になっている。「石川君、もう大丈夫だから、しっかりしたまえ」

啄木はにっこり笑った。それを見て、牧水はようやくほっと息をついた。

「君は、丈夫な、からだで、羨ましいねえ。僕、まだ、死にたく、ないよ……」と言う啄木に、「そうだよ、また元気になって、僕の新しい『自然』に原稿を書いてくれ」と牧水。すると啄木は「初号の、原稿は、集まったのかい」と尋ねてきた。

このやり取りを聞いていた紳士が、部屋に戻った節子と目を合わせた。二人の顔に安堵の色が浮かんでいる。持ち直すかもしれない……。

啄木が「今日は、学校の日、でしたね。どうか、いらして、ください」と紳士に話しかけ、ひと息ついた節子も「この分なら大丈夫でしょうから、どうぞ」と言う。紳士がそれでも立ち去りがたい表情を見せると、啄木がまた「遅く、なりませんか。どうぞ、学校へ」と言った。

紳士は「では、ちょっと行ってきます。大事にね」と立ち上がった。節子も「金田一さん、ありがとうございました」と礼を言って見送りに立った。それを聞いて、牧水も、この紳士が啄木の親友で、物心両面で友を援け続けてきた金田一京助であると知り、黙礼で見送った。

その日の午前三時前に「節子／＼起きてくれ」と節子を起こした啄木は、寝汗をびっしょりかき、「ひどく息切れがする、これが治まらないと死ぬ」と言い、時折り昏睡状態に陥った。そして意識が戻るたびに「金田一君を呼んでくれ」と言うので、夜が明けて、節子が金田一と近くに住む牧水を呼んだ。その日、國學院で授業のあった京助は、登校の準備をして石川家にやって来たが、啄木の様子を見て、その場に泣き伏した。牧水が到着しても、黙って啄木を見つめるだけで、牧水と挨拶を交わすことも出来なかった。だが、小康を得た啄木に促され、「このまま留《とど》まると、それほど重篤なのかと、かえって余計な気を遣わせてしまうかもしれない」と思った京助は学校へ向かった。節子もほっとした表情を見せた。

その数分後、事態は一変した。牧水が見つめるなか、なにか言いかけていた啄木の唇が止まり、瞳がどんよりとあやしくなった。呼吸も間遠になっている。呼びかけても反応がない。

「節子さん！」

切迫した牧水の声に、節子が駆けつけ、息子危篤の報に急遽上京していた老父一禎も隣室から顔を出し、啄木の許へにじり寄ると、その手を取った。だが啄木はすでに昏睡状態である。節子が少量の薬を口移しに飲ませようとするが、うまくいかない。一禎が「はじめ、はじめ」と名を呼びながら、唇をぬらしてやったが、牧水には「末期の水」と思われた。いかん、とうとう来たか……駆けつけた時から覚悟はしていたが、啄木との別れが目の前で現実となろうとしている。ああ、これが最期なのか！

ふと、その場に啄木の娘京子がいないことに気づき、牧水は席を立ち、京子を探しに玄関先に出た。京子は、門口で桜の落花を拾い集めて遊んでいた。京子を抱きかかえ、急いで取って返すと、節子と一禎が双方から啄木を抱き上げてさめざめと泣いている。ああ、ついに……。

ほんのちょっと席を外し、慌ただしく部屋に戻って、その光景を目にしたことを、なぜか牧水は激しく苦痛に感じて立ちすくんだ。

呆然としている牧水の前で、涙を拭い、啄木の身体をまた横たえた一禎が「もうとても駄目です。臨終のようです」と言った。

牧水がにじり寄って「石川君！」と小さく呼びかけながら、そっと啄木の額に手を置いてみると、すでに死の冷たさ固さがはじまっている。生きたい、生きたいと願いながら、こんなに弱り果てて絶望の裡に死んでいくとは、なんと哀れではないか。天賦の才に恵まれ前途洋々たる若き啄木が、かくもみじめに事切れるとは……。病死というより窮死、悶死だ。

牧水が言葉もなく啄木の死顔を見つめていると、一禎が枕元の置時計を手に取り、「九時半か」と呟いた。

節子は……と見ると、泣きぬれた顔のまま、それでも穏やかな表情に戻って、やさしく啄木の頭を撫でてやっている。その横で正座した京子が父の顔を見つめている。つい先日、祖母を見送って、すでに「死」の意味を知っている。母子の姿を見て、詳しくは知らないが「聖母子像」のようだと、牧水は思った。

それから、牧水にとって最悪の一日が始まった。悲しみに暮れる一家に代わって、まず医者へ走った。もう往診も薬も必要ないが、死亡診断書をもらわなくてはならない。三年前から、ずっと診察を続けていた患者なら死亡時の診察や死体の検案を省いてもよいと法律が変わったため、医師はすぐに診断書を書いた。その顔に浮かんだ「やれやれやっと済んだか」と言わんばかりの表情に、牧水は怒りを覚えた。

だが、そんなことにかまってはいられない。すぐに戻ると、節子と一禎が部屋を片付けて、逆さ屏風に、横たわる啄木の位置も北枕に変わっていた。顔には白い布が掛けてある。牧水は傍に座って、その布をずらして、冷たくなった啄木の顔を、じっと見つめた。なんとも言いようのない感情が湧き上がってくる。「すまん、啄木。もう、君を見ていられない……」

じっとその場にいるのは苦痛だ。牧水は節子からメモをもらって、郵便局へ行き、摂津のミッションスクールの寮にいる妹の光子や、芝区浜松町と遠すぎて車夫を頼めなかった土岐哀果、朝日の佐藤編集長など数人に電報を打った。それから警察へ。次に区役所へ、そして葬儀社に……。どこへ行き、何をするにも心が定まらず、要領を得ないと警察では叱られ、まだ四月なのにぎらぎらと照りつける太陽の下、汗と涙にまみれながら歩いていると荷車に衝突し、車引きの男に怒鳴られた。

最後に、頼まれた買い物のため繁華な通りに歩を進めると、向こうから歩いてくる人だけでなく、電柱までもが自分にぶつかってくるように思われた。牧水にとっては、自分の頭がおかしくなり、気が狂ってしまうのではないかと心配するような一日だったが、そうして動いているほうが、まだ気が楽なのだった。

牧水が動き回っている間に哀果や金田一京助、丸谷喜市、そして朝日新聞社からも、佐藤編集長や校正部の同僚で、啄木には嫌われていたが自称「石川啄木の親友」の関清治ほか二、三人が駆けつけて、葬儀の段取りなどが粛々と決められていった。

午後遅く、石川家に戻った牧水は、疲れ果て、もはや啄木の遺骸を見て感慨を催すような余裕はなかった。いったんこの場を去ろうと決めた。哀果にそう告げると、節子さんがお前を待っていたと言われた。涙を振り払い、毅然とした顔で耐えていた節子の前に牧水が向かうと、途端に節子の表情が崩れ、今夜、ここにいっしょに居てほしいと半泣きで懇願した。牧水には断る理由もない。いったん帰って、また来るからと節子に約束して、悲しみの渦中にある石川家を後にした。

いったん帰宅すると、牧水は財蔵に短い手紙を書いた。

「石川啄木君今朝九時三十分終に不帰の人となれり、枕頭には彼の父、妻、娘及び小生、寂しいとも寂しい臨終であつた。……」

それから喜志子にも、例によって長文の手紙を書いた。啄木は無惨に死んだが、生き残る自分は強くなくてはいけない。そのためには、どうしても喜志子に傍に居てもらわなければならないのだ。

牧水は、啄木死去の衝撃と喜志子恋しさの混乱した気持ちから「充分にあなたに甘えたい、自分の心の、生命の痛みつめるまであなたに甘えたい」と書いたり、「嗚呼、あなたが戀しい、あなたの胸のあたりを鋭い刃物で、さし貫き度い氣がしてなりません」などと書き、最後に、海のないところで育った喜志子に「海にも是非行きませうね、……飛び込まうなんて言ひつこなしですよ、まだ殺し度くない、死に度くない」と書いて、はっと我に返ったのか、次のように締めくくった。

「もう暗くて、字が見えません。石川啄木君が今朝の九時半に死にました、私は獨りその臨終の枕もとに坐つてゐたのです。くはしいことが云ひたいが、いま手紙にかくのはいやです、逢つてにしませう。ただ黙つておきます。今夜もこれから行つて通夜です。……」

これが「戀しき喜志様」に宛てた「十三日夕六時」の手紙である。

最も信頼している旧友と、誰よりも愛している恋人のふたりだけに、よき友人であった啄木の死を報じた。これ以上、啄木の死を文字にしたくなかった。多くの文人仲間たちは、既に知ったか、すぐに新聞で知ることになるだろう。自分はもう黙って、ひとり静かに啄木を送りたい。

その後、通夜に付き合うため、啄木の家に再び赴いた。一〇時頃になると、また節子と一禎、牧水の三人になってしまった。明日からのことをやってくれる哀果や金田一らが帰っていくのは仕方がないし、勤めもない牧水だからということもあるが、臨終に立ち会った自分が居なくなってしまうのは、なにかいけないことのように牧水には思われたのだ。この時はまだ知らなかったが、すでに八ヵ月の身重である夫人と、老父だけの通夜というのでは、あまりにもさびしいではないか。牧水自身も、このままひとりになったら、どう過ごせばいいのか分からず、せめて朝まで啄木の傍にいてやることにした。

ここ何日も瀕死の啄木の世話に追われ、この日は未明から啄木の最期に付き添った節子は、疲れと悲しみと自分自身の病から激しく咳き込み、とても見ていられない状態になった。牧水と一禎が、きつく言って次の間に休ませた。しばらくは咳がおさまらなかったが、やがて静かになり、男たち二人の淋しい通夜になった。たがいに線香を絶やさぬように気にしながら、ぽつりぽつりと言葉を交わした。

大事な一人息子の亡骸を前に、父一禎は愚痴と、それでも牧水を退屈させまいと、北海道の風物や小樽の大桟橋での釣りの話などをした。会話が途絶えると、たえず茶や菓子をすすめ、時折り涙目をこすりながら、またぼそぼそとしゃべり続けた。

「若山さん、一が最後までご迷惑をかけましたが、よくしてくださって、ありがとうございました。……若山さんはいまお幾つですか。……ほう、一と変わりませんな。男のご兄弟は。……そこも一と同じですな。お父上はお達者ですか。……そうですか、それはよかった。私はいまになって、自分の不甲斐なさを大いに悔いております。聞いておられるかもしれませんが、私が寺を追われて以来、男の子がひとりだったので、一は自分のこと以上に家のことを心配しなければいけなくなりました。そして、とうとう身体を壊してしまい、黄泉の国へ旅立ってしまいました。……口べらしのため、私は娘のところに行ったりしておりましたが、病気が進んだ家内までは連れていけず、一もたいそう母親思いですので、よく面倒をみてくれたようでしたが、とうとう身罷《みまか》りましてね。そして今度は一が……。生者必滅、みないずれ死んでいきます。長年連れ添った家内が亡くなったのもつらいことではありましたが、我が子を見送ることになろうとは……逆縁とは、こんなに切なく哀しいものとは……真一を亡くしたときの一の気持ちが、いまごろになってやっと少し分かるという情けなさです」

一禎の愚痴を聞きながら、牧水は、自分の父・立蔵のことを思った。ひとり息子に帰郷を促し、「繁、文学もよいが、それは趣味のことであろう。まずは身を立てねば」と、義兄に頼んで就職口まで探してくれている。医師としての自分のあとを継ぐことは出来なくとも、どの親もそうであるように、息子の堅実な人生を望んでいたのだ。それでも言うことを聞かず、大見得切った親元への送金どころか、金の無心ばかりを続ける自分に、父は落胆し、姉や義兄は、ほんとうに怒ってしまった。母のマキだけが、何も言わず、いつもすべてを飲み込んで許してくれた——文学も酒も。それだけが最後の心の拠り所だった。自分は弱い人間だから酒をやめられない、文学もやめられない。それをそのまま理解してくれるのは母だけだ。それでも、父と同じように、母も自分が文学に見切りをつけて、故郷へ帰ってくるのを、じつは心から望んでいるのだと、牧水には痛いほどよく分かっていた。

だが、目の前の一禎は、息子・石川一が文学者になることを許した。というより、自分も歌詠みであったからか、むしろ応援していた。母カツも、落ち着いた生活のため、啄木が一流の文学者になることを切に願っていた。親たちがそう思うほど、それだけ早くから啄木は文才を見せ、自分の将来像を、はっきりと描いていたのだ。

カツは一家を路頭に迷わせた一禎よりも、そうした息子との同居をのぞみ、折りに触れ節子とぶつかりながらも、京子と三人で北海道に暮らし、啄木が東京に呼び寄せてくれるのを首を長くして待っていた。やっと同居がかない、節子を手伝ったり、自分が家事を切り盛りしたりしていたが、とうとう病に倒れた。

目の前で母を亡くした啄木の悲痛を思い、同じ文学の道を歩む〝息子〟として、どちらの母のあり方がありがたいことかと迷う気持ちのまま、牧水は黙って物言わぬ啄木の遺骸に目をやった。

二人で代わるがわる線香をあげ、まんじりともせぬままに夜明けを迎えた頃、一禎はしばらく考えごとをしているようだったが、やがて紙に何かを書いて、黙って牧水に見せた。そこには、

「母みまかりて中陰のうちにまたその子のうせければ」と端書きして、

親とりのゆくゑたつねて子すゝめの
死出の山路をいそくなるらむ

と書かれていた。牧水はその歌を読むと、「はい……」とだけ言って、それを啄木の枕元に置いた。

やがて夜が明けると、牧水は雨戸を開けた。庭に八重桜の花びらが白々と散り敷いている。ぼんやりと長い間それを眺めていると、今までに感じたことのない静かな哀愁が胸に湧いて、泣かずにいられなかった。振り向いて横たわる啄木の姿を見ると、「とうとう石川君は死んで行った」という頼りどころのない悲しさがしみじみと形をなして、また涙が流れる。

一禎と、いつ起きてきたのか節子が、いまは遠慮もなしに、首を垂れたまま、ものも言わ

ずに泣き続けている。

「私はこれで……」と二人に頭を下げ、啄木の亡骸にも一礼し、だが、もうその顔を見ることなく、牧水は悲しみの石川家を後にした。門を出る時、強い風がどうっと吹き、桜吹雪が舞った。啄木が別れを惜しんでいるような気がした。だが、もう明日以降、この家へ来て、この桜を眺めることはない、と牧水には分かっていた。


明けて一四日、土岐哀果や金田一京助、丸谷喜市、そして朝日新聞の関係者などが次々に訪れて、疲れ果てて何も出来ない節子や一禎を休ませ、葬儀の段取り、告知の発送、遺族の服装の準備などを大わらわで進めていった。

いっぽう、「啄木急死」の報は、あっという間に世間に広まった。自社の社員であったから、もちろん東京朝日新聞は、いち早く詳しく記事にした。

一三日「石川啄木氏逝く」と訃報を伝え、一四日には「石川啄木氏逝く——薄命なる青年詩人」という記事を載せた。

同じ一四日には東京毎日新聞「薄命詩人石川啄木——新詩壇の天才夭折」、東京日日新聞「詩人石川啄木氏逝く」、東京讀賣新聞も同じく「詩人石川啄木氏逝く」と各紙が報じ、啄木の死は社会的事件となった。東京発の記事として、地方紙も報じ、たとえば啄木の故郷の

「岩手日報」には一六日に訃報記事が掲載された。ごく近しい人たちでなければ啄木の詳しい健康状態など知るはずもなかったから、世間的には、まさに「急死」と受け取られ、多くの人に驚きを与えた。

葬儀は週明けの一五日月曜日の朝から、土岐哀果の生家で、兄の土岐月章の寺、浅草等光寺で執り行なわれた。三月七日に亡くなった母親のカツの葬儀もここで行なわれた。わずか三七日後の息子の死である。

この葬儀の様子は、朝日新聞が詳しく報じた。一六日の「石川啄木氏葬儀――文士詩人の会葬」には、次のように書かれている。

「社員石川一東雲堂葬儀は昨日午前十時浅草松清町なる等光寺（本願寺中）に於いて執行された。途中葬列を廃して未亡人せつ子や佐藤真一、土岐善麿、金田一京助其他お人々棺に付添ひ予め同時に参着柩は狭い本堂に淋しく置かれた、軈《やが》て会葬者はボツボツ集る、夏目漱石、森田草平、相馬御風、人見東明、木下杢太郎、北原白秋、山本鼎杯いふ先輩やら親友やらの諸氏が見へる、殿《しんがり》には佐々木信綱博士が来られる、夫に本社員の誰彼を加へて僅かに四五十名が淋しい顔を合せた。人は少いが心からの同情者のみである。程なく導師土岐月章は三名の若い僧侶を具して淋しく読経する。了つて白衣の未亡人は可憐なる愛嬢京子を携へて焼香した。香煙の影に合掌せる母子の姿は多感なる若き詩人の柩と相対して淋しい人生の謎である。四五十名は斉しく泣かされた、続いて一同の焼香に式は終つて柩は大遠忌の賑々しい本願寺を五六の人に護られつゝ町屋の火葬場へ淋しく舁《かつ》がれて行つた」

この記事を書いたのは、当時朝日新聞社会部の記者で、人間通の名文家として知られた松崎天民だと言われている。同じく葬儀の記事を載せた讀賣新聞に、参列者のひとりとして天民の名がある。哀果も当時は讀賣の記者だったが、新聞の記事は書いていない。葬儀の世話役として大変だったし、そんな気持ちの余裕などなかったのだ。のちに「ただ節子さんの借着の白無垢がいかにも侘しかつたことゝ、遺骸を間に、数台の人力車が本願寺の東門を出るときの情景が、僕の瞳にきざまれてゐるだけだ」という文章を書いている。

朝日はさらに、一六日と一七日に、天民と与謝野晶子による啄木追悼の歌を掲載した。晶子の歌は、以下の四首である。

啄木氏を悼む　　与謝野晶子

人来たり啄木死ぬと語りけり　遠方人はまだ知らざらむ
（遠方人＝在パリの鉄幹のこと）
終りまでものゝくさりをつたひゆく　やうにしてはた変遷をとく
しら玉は黒き復路にかくれたり　吾が啄木はあらずこの世に

そのひとつヰオロンの絲妻のため　君が買ひしをねたく思ひし

さらに晶子は四月二〇日の萬朝報、二八日と五月三日の東京日日新聞に、啄木を追悼する歌数首を寄せた。その中には啄木の「嘘」についてのものもあった。

いろいろに入り交じりたる心より君はたぶとし嘘は云へども

啄木が嘘を云ふ時春かぜに吹かるる如くおもひしもわれ

啄木が姉と慕った八歳上の晶子は、自分も貧しいなか、浴衣一枚も買えぬ〝弟〟のために自分の着物を縫い直して贈ったという。歌にある啄木の〝嘘〟すなわち強がりも、すべてお見通しで、そんな啄木をこよなく愛していた。このとき晶子は一足先に渡仏した鉄幹を追って、パリに赴く寸前だった。旅費は森鷗外が一部工面してくれた。晶子自身も旅費を捻出するため、自作短歌を書き記した『百首屏風』の製作や『新訳源氏物語』の執筆に忙しい日々であったが、啄木を悼む歌の寄稿を断ることはなかった。

夫の鉄幹も、啄木を少年の頃から可愛がっていた。歌の傾向は変わり、啄木はやがて鉄幹を批判し、疎遠になっていくが、鉄幹のほうは、同じ気持ちで啄木に接していた。フランスに渡る前、もう生きた啄木には会えまいと、鉄幹は「別れ」に行こうとしたが、弟子たちに止められた。「先生がいらっしゃれば、勘のするどい啄木は、自分の死を察しますから」と。

その後も、多くの作家や詩人、歌人、文学者が啄木追悼の文章を書いた。文芸誌では、『スバル』『アララギ』『曠野』『早稲田文学』『文章世界』『秀才文壇』『朱欒《ザンボア》』『詩歌』などが長短の追悼・回想の記事を載せた。

たとえば、田山花袋を主筆とし、正宗白鳥、島崎藤村、國木田独歩らを擁し、当時の文芸界を牽引していた『文章世界』には、匿名だが花袋が書いたと思われる記事が出た。

「詩人石川啄木氏が十三日に逝《ゆ》いた。若い天才は、惜まるべき程、知る限りの人に惜しまれて、十五日浅草某の寺に葬られた。『一握の砂』の作者は、大方の人の、老いて猶ほ成し遂げざる可き事業を、若くして既に成し遂げた。彼は淋しく生きて淋しく死んだ。所詮淋しいのは近代人の命である。かれは近代人の面影を、尤も多く宿した若い詩人であった」

小川未明、岩野泡鳴、徳田秋声などが活躍していた『早稲田文学』でも、泡鳴と思われる匿名記事を、「詩人石川啄木氏逝く」と題して掲載した。

「詩人石川啄木氏の訃は近頃の文壇に於ける最も痛ましい消息の一つであつた。ともすれば身もたましいも燃ゑ立ちさうになる烈しい思を胸に秘めて、青春の身を永く病床中に横たへて居た詩人の苦しみは、いかばかり深刻なものであつたらう。……最近一二年に於ける啄木氏は単に一個の詩人としてよりも、黙して深く憂ふる人として何となく私達の心を動かすものが多かつた。触れゝば火花を発しさうに熱した氏の頭脳はつひに冷たい死の手に委ねられた。……私達は最も厳粛なる意味に於ける詩人の第一人をわが詩壇から奪ひ去られた事を悲しむ者である」

また、北原白秋主宰の『朱欒』には、

「石川啄木氏がしなれた。私はわけもなく只氏を痛惜する。たゞ黙つて考へやう。赤い一杯の酒が、薄汚い死の手につかまれて、たゞ一息に飲み干されて了つたのだ。氏もまた百年を刹那にちぢめた才人の一人であつた」という追悼文がある。おそらく白秋によるものと思われる。

啄木の若すぎる死は、当時の文学界・文学者にとって等閑視できないことだった。だが、そうした文学的な事件にひとり立ち会った歌人として、またおそらく生前の啄木の最もよき理解者として、牧水本人は啄木を、またその歌をどう見ていたのか。のちに書いた文章がある。

「啄木歌集一巻を貫いてゐるものは、消さうとして消し難い火のやうな執着である。同時に無限の絶望である。造次顛沛《ざうじてんぱい》（＝わずかな時間）、彼は寸毫も自己を忘るることの出来ない人であつた。意識して、また無意識のうちに、常に自己をのみ見詰めてゐた人である。彼は強《あなが》ちに強い人ではなかつた。たびたび自己を茶化さうと試みてゐる。而かも完全に茶化し得ることも出来ず、知らず／＼全い自分の姿に立帰つてゐるときが多かつた。その時に出来た歌がみな空を渡る風のやうな捉へどころのない好い歌となつて遺稿の裡に残つてゐる……」

「何となく私には彼の歌が二つの部類に分たれて眺めらるる。一は他念なくひたすらに自分をめぐみ愛《いっ》くしむ歌である。一は、同じく其処から出て、持つて行きどころのない絶望をのべた歌である。それらが一緒に混つた歌も無論多い。そして私の最も強みを感ずるのは、後者に属するものである。まるで、天の一角をかすめて何処ともなく飛び去る星のやうな、または落ち着くさきを知らぬ一個の人間のたましひの瞳のやうな、見てゐる自分の心まで吸ひ取られてゆくやうな歌が多い……」

啄木の最期に立ち会ったのが牧水だったことは、決して偶然ではなかったように思われる。

啄木の葬儀の日、牧水は部屋でぽつねんと酒を飲んでいた。葬儀に出れば、「その場」に立ち会った自分に、いろいろな人たちが啄木の「最後」を聞いてくるだろう。それが嫌だった。自身でもまだ啄木の死を受け入れることが出来ないでいるのに、他人に説明など出来るはずがない。

それにもともと葬儀そのものが好きではない。故人を偲ぶ牧水のやり方は、ひとりだけで、その人のことを思う――そんな時間を持つことである。

あぐらをかいて、ゆっくりと盃を口に運ぶ。一杯、また一杯……。目の前にいる啄木の魂に声をかけようと思うが、なにも言葉が出てこない。また一杯。四合徳利が軽くなりはじめ、そのことが気になって仕方がない。今日はこれ以上飲まないと決めたのだ。泥酔して啄木を送るわけにはいかない。いまごろ式場では、多くの参列者が、棺の中の、白く固まった啄木の顔を見ているだろう。節子は毅然として、中空の一点を見つめているにちがいない。俺は……ひとりで啄木を弔う。

数日前のことを思い出す。

「牧水、なぜ…旅に……出る?」

目をつぶったまま、苦しい息の下から、啄木が訊いた。

牧水は虚を衝かれた。

いままで啄木が俺のことを呼び捨てにしたことはなかった。たがいに「石川君」「若山君」だった。これは、俺に尋ねているのではなく、熱に浮かされて独り言を言っているのだろうか。あるいは、生命の灯が消えかけ、側にいる自分をより親しく感じての物言いなのか。

だが、「旅」と聞いて、突然「死出の旅路」という言葉が頭に浮かび、慌ててそれを振り払うために、牧水はなんとか返事をしようと思った。

「石川君、なぜ、と自分でも思うよ。僕の旅にはほとんど目的がない。見たいものがあったり、行きたいところがあっての旅ではないんだ。ただ旅に出たいと思うと、もう、この脚が言うことをきかない。ははは、勝手に歩き出すんだよ。だって僕らの人生そのものが旅だと思わないかい。ある日忽然として生まれて……」

そこで牧水は「死ぬまで」という言葉を飲み込んだ。

「それからずっと、一歩々々歩いていく。そして、やがては戻ってくる。そうなんだ、僕の旅は戻るためなんだよ。長い旅に出ることもあるが、しまいにゃ戻る。いま居るところにいつか戻る、そのために旅に出ている。それは……捨てるためでもある。身に着いてしまったいろいろ余計なものを捨てないと、僕は生きていけん。だから旅に出て、捨てたいものを捨てて、忘れたいことを忘れてくるんだよ。そうやって、生まれ変わって裸になるまでは戻ってこられない。それが……一所懸命戻ろう戻ろうとしているのが、僕の旅だよ。別の言い方をするなら、その戻るべき〝場所〟を再確認しているのかもしれない。安心して……」

「死ねる場所、ということだな」。啄木の返事に、牧水は続く言葉を失った。

啄木は、一瞬、得心したような表情を見せたが、激しく咳き込み、それがおさまると、

「まったく逆だな、僕とは……。いつも生きる場所を探しまわるのが僕の旅だった。旅という字は……いくさとも読むと知ってるかい。僕の旅は、はじめから戦だったよ、それも負け

戦ばかり。そして北へ……北へ行くとは逃げるという意味だ、分かるだろう、つまり『敗北』さ。渋民から函館、それから札幌・小樽、そして釧路まで。まるで落人みたいに……。なんとか舞い戻って落ち着いても、今度は身体が負ける……」

そう言うと、あとはもう何も言わず、やがて眠りに落ちた。目尻に涙がにじんでいた。

また一杯……目を閉じると瞼の裏に啄木の後ろ姿が映った。とぼとぼと歩いていく。いや、そんなはずはない……俺は啄木の後ろ姿を見たことはない。初めて浅草で会ったときも、別れたあと振り返ってはいない。その後は啄木の自宅での面会ばかりだ。そんな姿を見るはずもなかった。だが、いま、啄木は悄然と肩を落とした後ろ姿で、俺から遠ざかって行くではないか。「石か……」と声をかけようとすると、啄木は歩みを止めたが、振り返りはしなかった。そして「ははは……」と自嘲ぎみな笑い声を残して消えた。牧水は、そこで夢から覚めた。夕闇が迫っていた。

そして思った。いまさら惜しんでどうなる。石川啄木は死んだのだ。天は彼を見放したのだ。いや、若くして彼を召した、呼び寄せたのだ。なぜだ、なぜなのか……。いや、問うても埒が明かない。それが彼の運命だったのだ。哀れで、哀れでならない。

数年前の日高ひでの死を思い出した。同郷の友人の妹で、日本女子大英文科に学ぶ文学少女だったひでとは話が合い、たがいに訪ねあうなど恋愛以前の感情で親しくしていた。四〇年一一月、東京で別れて郷里へ帰る途中の大阪で、ひでは病死した。牧水は悲痛な手紙を故郷の友、鈴木財蔵に書いた。一度だけ、三人で細島港を望む丘の上を、散歩したことがあった。

「君、秀さんは死んだよ、細島の秀さんはもうこの世には居なくなつたよ、或は痛く驚くかも知れぬ、然し君、それは事実だ、争はれぬ冷い事実である、……君、僕はいま君に彼女の死期の無惨なりしことを語るを得ぬ、……僕は彼女が今はのう言を想ふに忍びぬ……」

ふるさとのお秀が墓に草枯れむ海にむかへるかの岡の上《へ》に

この時、牧水は武蔵野のはずれの安宿に出かけて、ひとり飲み、思い出を紡ぎながら、ひでを送った。それが牧水なりの弔い方だった。牧水は思った。「死は無限である。永遠である。その無限永遠の途に彼女は旅立つた、然り、たゞ一人旅立つた」

啄木も、無限永遠の旅に立ったのだ。

窓の外には夕焼けの残照があった。天頂から東の空にかけては、いくつかの星がすでに瞬いている。牧水、何をしている、と自身に声をかけると、文机に向かい、五首の挽歌を詠んだ。

午前九時や丶晴れそむる初夏の曇れる朝に眼を瞑ぢにけり
はつ夏の曇りの底に桜咲き居り衰へはて丶君死に丶けり
病みそめて今年も春はさくら咲き眺めつ丶君の死にゆきにけり
初夏に死にゆきしひとのおほかたのさびしき群に君も入りけり
君が子は庭のかたへの八重桜散りしを拾ひうつ丶ともなし

飲まずにはいられなかった。厨から酒を持ってきて飲み、酔いつぶれて、いつしか深い眠りの淵に来ていた。女の姿が見えた。あれは……喜志子だ。俺を見て笑っている。

第五章　のちの想い

牧水は喜志子と結婚した。だが、いささか変わったやり方になった、式も挙げず、いわば「同棲」「駆け落ち」である。喜志子の両親が結婚に反対したわけではない。喜志子に「普通の手順を踏む」ことを約束させただけである。だが牧水は、両親に会おうとさえしない。間に入ってくれた太田水穂が、「うちで簡単な式でもどうだ」と言ってくれたが無視した。むろん、故郷坪谷の両親も知らない。自分と喜志子だけのこととして、一緒に住めば、それでいいという腹である。金がない、忙しいということもあるが、いくら自由人の歌人だからといって、世間的には許されないような乱暴なやり方である。だいいち、喜志子が納得するだろうか。

牧水は、喜志子に一刻も早い上京を何度も求め、啄木を見送った半月後には、有無を言わせぬ手紙を送りつけた。

四月二六日の夜、牧水は太田水穂に呼ばれた。そのことから筆を起こし、「どうするつもりかとのことでした。僕から両親の方に申込まうかといふことでしたから、それは暫く待つて下さい、實は私はいま公然と結婚することを好みませんからと一先づ断つて来ました。私は目下の色々の境遇から、あなたと唯つた二人きりで、日蔭者の生活を送り度いと望んで居るのです……ただ何とはなしにあなたにこちらに来て貰つて、誰にも黙つて一緒になつて、寂しい、そして充實した生を営み度いと思ふのです」と書き、しかし半ば公然となったいまでは親の反対で家を出られないかもしれない。その場合は、「破壊的行動をあなたに執っていただき度いのです。……それがいま我等の執らねばならぬ唯一のみちであるからです。……私は寧ろあなたの背後に、あなたに関係した一切のものの存在することを厭ひます。……私共二人の生を強固にし、濃密にする一方法であると思ふのです。直接に言へば、親をお棄てなさい、兄弟をお棄てなさい、唯つたひとりのあなたとおなりなさい、と斯ういふのです。承諾しますか、わたしはもうあなたに猶豫を與へません」

「脅迫」といってもいいような手紙である。好きになったら止まらない恋愛至上主義者の牧水らしい文面だが、そう言わずにはおれない深い心の傷を小枝子との恋で負わされたのだ。自己の再生のため、どうしても新たな恋愛の究極的な成就が必要なのだ。牧水にとって自分と喜志子の心の在りようだけが問題なのだ。他のことに心を惑わせてはいけない。周りが見えないのではなく、見てはいけないのだ――。

だが、恋する者の常で、急に弱音を吐いたり愚痴を言ったりもする。新雑誌『自然』第一号の編集と「啄木特集」とする第二号の刊行に関して、資金の不足や人的問題を抱えていることを訴え、「きしさん、このためにも、私の側にゐて下さい。私は、ほんとうに、あなた無しにはいま何事も出来なくなりました。……きしさん、私をしばらくでもいいから、事もなくあなたの蔭に睡らして下さい。噫、あなたの悠々たる態度が憎くてならない」

「ね、きしさん、いつたいあなたは何をしてゐるの。苦しいの、悲しいのつて、一向そんな風も無いぢアないか、……私が間違つてゐるのかも知れない……そのため、非常なわるい結果が眞實起つて来る様にも思われて仕様がない。けれど、けれど、私はいまそれを考へてゐることが出来ないのだ、いいぢアないか、間違へばふたりで死ぬきりだ、……きしさん、もう逃さない、あなたは私の前に極めて従順に横はらねばなりませぬ。あなたを殺すか、私が死ぬか、……要するに戀は悲惨だ。いゝえ、あいてを私に選んだあなたが悲惨だ、私はあなたを悼む」

喜志子にしてみれば「選んだのはあなたです」と言いたいところだが、そうして押したり引いたりしながら、牧水は、とにかく早く自分の傍に来てほしいと何度も訴える。

必死の訴えが功を奏し、喜志子もついに決心する。この人について行こう。それが私の運命なのだ。

五月四日の朝、両親には松本に嫁いだ姉に会いに行くと言って、喜志子は広丘村の家を出た。着のみ着のままの出奔。以前、間借りして荷物を置いたままにしていた東京市外内藤新宿二丁目の森本酒店二階の一〇畳間にたどり着いた。

『自然』創刊号は出来上がったものの、印刷代が払えず出版できないという苦境にあった牧水は金策に忙しく、待ちに待った喜志子の上京後もすぐには合流できず、四、五日後に喜志子の部屋へ転がり込み、やっと新婚生活が始まった。

だが、収入は、ほぼ喜志子の以前からの手内職によるものだけで、新宿の遊女たちの着物を縫う賃仕事だから、細々としたものである。未払いの下宿代や雑誌発行のための借金の返済、毎日の生活費の工面に走り回る牧水に、喜志子とのゆっくりした時間はなかった。『自然』は一号で終わり、牧水が手掛けるのが最も適任と思われた「啄木特集号」発刊は、夢に終わった。

そんな中でも、やっておかなくてはいけないことがある。親を騙すようにして上京し、式も挙げずに結婚した喜志子と、それを唆《そそのか》せた牧水に対する太田家の人々の怒りや不信感に、釈明し、理解を求める必要があった。牧水は、間に立ってもらえるよう、喜志子の姉の夫窪田誠にあてて、詫びとともに、二人でいろいろ考えぬいた末に、充分な責任と自信を自覚して沈着に実行したことであり、他日必ず我等二人のために歓んで頂く時の来ることを固く信じていると、真摯かつ心情あふれる手紙を書いた。太田家のほうは、これでなんとか収まった。

そこへ、大正元年となる一〇日前の七月二〇日、故郷から「父危篤」の報が届く。さすがに帰らざるを得ないが、旅費がない。刊行準備中だった『死か芸術か』の歌稿を東雲堂に渡して稿料の前渡しを受け取り、坪谷の実家に向かった。

この時は、父立蔵の病は軽く、持ち直して、夏から秋まで、毎晩、息子・繁と晩酌するのをたのしみに養生していた。いつか東京を案内してくれと言い、息子の不義理も咎めなかった。だがその間、母や姉、その夫たちからは何度も故郷に帰って就職するように説得を受ける。大学を出たのだから役場か学校なら務まるだろうに、この親不孝者！と罵倒もされる。喜志子と結婚したことなど、とても言い出せない。そこへ一〇月、実家に帰っている喜志子から、妊娠していること、生まれてくる子のためにも早く入籍してほしいと手紙が届く。もう逃げようがない。以前と違って、いまは折り合いの悪い母の顔色を窺いながら、四、五日後にやっと打ち明けた。親きょうだい一同は驚くとともに呆れ返ってしまう。だが、妻が身ごもっているとなれば仕方がない。そのことは渋々認めてくれた。そして妻子を坪谷へ呼んだらどうかという話になる。

そんな一一月一四日の朝、父立蔵が脳溢血で急死する。思わぬことだった。以来、気丈な母親のマキが、めっきり衰えを見せてきた。牧水はたまらず喜志子に、こちらに来てくれないかと手紙を書くが、喜志子は翌大正二年四月、長男の旅人を出産して牧水の帰りを辛抱強く待っている。事態は動かず、懊悩する牧水を見かねて母が上京を承諾し、あとは本人に任せる——となった。故郷で職探しまでしていた牧水だが、やはり歌人、文学者として生きる、そうでなければ喜志子と一緒になった意味がない、と決心をして、旅費を工面し、五月半ばに、やっと故郷を後に帰京の旅に出た。


納戸の隅に折から一挺の大鎌あり、汝が意志をまぐるなといふが如くに

東京に戻った牧水は、妻子を呼び寄せ、しばらく小石川区大塚窪町に住んだ。太田水穂の支援を得て、短期間に終わったが、『創作』の一時的な復刊も果たした。

その年の暮れ、すでに遺族も去って、いまや他人の家となった同区久堅町の啄木の旧居のまわりを、ただなんとなく歩く牧水の姿が見られた。志半ばで早世した友に、僕はやはり歌の世界に生きようと思って戻ってきたよと報告したかった。

相変わらずの貧しさだが、歌集を出す、雑誌を発行する、歌会を開く、選歌を務める、短

冊会を催す、揮毫旅行に出る……など、牧水は歌にまつわる多くの仕事を続けてなんとか収入を得ながら、二男二女を得て、一七年余を喜志子と生きた。その後、急性腸胃炎兼肝硬変となり、沼津の自宅で四三年の生を閉じた。飲み続けた酒のせいだが、もとより後悔などしない。それでも晩年、母を温泉に連れて行った際に、「酒をやめようかと思う」と相談したら、「おまえのからだは酒で焼き固めてあるのだから、いまさらやめたりしては、かえってよくない」と、若い頃、女だてらに「一升酒」とあだ名されたマキに言われ、それもそうだとよろこんで飲み続けていた。長いとは言えなかったけれど、思うように歌い、歩き、飲み、愛した人生だった。結局、牧水は啄木より一七年ほど長く生き、亡くなった時、時代はすでに昭和に入って三年目だった。

生前、まだ帰京してしばらくの頃、牧水は、数年前に小諸の駅で泣き別れした小枝子に、一度だけ、上野で会った。いや、小枝子のほうでは気づかず、牧水も声をかけなかったから、ただ、見かけたというだけのことになる。

その日、展覧会に誘われた牧水が、僕はいいよと入場せず、会場前の芝生に寝ころんでいると、その前を、上品な、中流以上と思われる格好のおばあさんと一緒に小枝子が歩いていく。あっと、思わず跳ね起きそうになったが、幸い、あちらは気づかずに去っていく。呆然と後ろ姿を見送った牧水は、小枝子とのことをすべて打ち明けていた郷里の親友で、その後上京して都内に住んでいた財蔵（平賀春郊）の家へ走った。

「いつもどんなみじめな生活をしてるかと今日まで心苦しい思いをしつづけた訳だがまアよかった。これでまア僕も楽に死ねさうだ」と、財蔵がびっくりするほど、よろこんでしゃべった。

なんだかいいところの奥様にでもなったようだ、よかった……と牧水は思った。全身全霊を傾けて愛した小枝子と別れ、自分はもちろん辛かったが、小枝子がその後、不幸な人生を送るとしたら、たまらない。喜志子という、理想的な新しい伴侶を得ながらも、そのことはずっと胸の裡に燻《くすぶ》っていた。その憂いが消えたのだ。その後、牧水が小枝子と逢うことはなかったが、小枝子とのよい思い出だけを時どき振り返り、それは生涯続いた。喜志子への愛情とは、また別のものとして大事にしていた。

牧水はそれ以上のことは知らずに亡くなったが、小枝子は、牧水と別れたあと、いとこの赤坂庸三と結婚している。してみると、牧水の「疑念」は当たっていたことになるかもしれない。その間の詳しいことは分からないが、小枝子は数人の子をもち、病弱ながら昭和四七年、数え年八八歳まで長生きした。

晩年、小枝子は牧水の弟子の大悟法《だいごぼう》利雄に、いつか沼津駅で人を見送っている牧水を見たことがあると語ったが、いつのことかなど、詳細は要領を得なかった。もちろん、小枝子も牧水に声をかけることはしなかった。

＊

石川節子は、義母カツと夫啄木を続けて亡くし、自分も結核の身体で間もなく臨月をむかえるという状態で途方に暮れていたが、やらねばならないことがいくつもあった。

自分のことは、義妹の光子が紹介してくれた婦人伝道師ミス・サンダーの厚意で、房州に渡り、千葉県北条町八幡の片山家に寄寓し、そこでサンダーの友人で医療伝道者のコルバン夫妻の世話を受けるということになった。

まず、家賃がかさむ小石川のこの家を早く出なければならない。その前に、義父一禎が北海道に去り、京子と二人だけ残った家で、啄木が残した原稿や日記、書簡など遺品を整理しなくてはならない。節子は、連絡しようにも捕まらない牧水より、所在がはっきりして、実務能力にも長けた哀果に相談を持ちかけた。都合のいい時にちょっと来てくれと手紙を書いたが、哀果も忙しく、すぐには来てくれなかった。月末に再度、手紙を出した。

「……本月一ぱいにて思ひ出多きこの家を去り、房州北条に転地致し度と今取りかたづけ中にて候、お話し下されし、故人の書きちらしたるもの、一度ご覧に入れ度、おひまもおはさず候べけれど、明日にも一寸お越し下さるわけには参らず候や……」

四月二九日、これを読んだ哀果が急いで訪れると、啄木愛用の机も大きな火鉢も、家財すべてを売り払い、ガランとした空家のような中に、打ちひしがれた節子の姿があった。「どうしました?」と尋ねると、整理した荷物二つのうち一つを、一〇分ほど留守にした間に盗まれてしまったと泣きながら答えた。盗まれたのは主に衣類を納めた柳行李で、残ったほうは啄木の原稿、書籍、日記類だった。哀果は、節子には申しわけなかったが、胸を撫でおろした。

葬儀のあと、節子と金田一京助と哀果で相談し、原稿類は哀果、書籍類はおもに金田一が預かることにしてあったが、問題は日記だった。啄木は、節子と金田一、そして丸谷喜市の三人に、自分が死んだら日記は焼いてくれと頼んでいた。金田一には「私の日記は、あなたに遺すから、あなたが見て、わるいと思ったら焚いて下さい。それまででもないと思ったら焚かなくてもいい」と言ったが、晩年、二人にしばらく疎遠な時期があったため、書生のように出入りしていた丸谷に「俺が死ぬと、俺の日誌を出版したいなどと言ふ馬鹿な奴が出て来るかも知れない、それは断つてくれ、俺が死んだら日記全部焼いてくれ」と、二度三度、頼んでいた。だが、葬儀までかいがいしく働いた丸谷は、葬儀後、ぷっつり顔を見せなくなった。葬儀の翌日には徴兵検査のため函館に帰り、そのまま兵役に就いたのである。結局、日記と未整理の遺稿は節子が保管することになった。

五月二日、京子を連れて、身重の節子は房州に渡った。だが頼りのコルバン夫妻が月末に軽井沢へ転出し、自費での滞在となる。六月一四日、次女房江を出産。翌日から、三九度以上の熱に悩まされる。その病床に二〇日発行の『悲しき玩具』が届く。哀果が付けたタイトルを見て、啄木も喜ぶだろうと思った。啄木没後二月《ふた》目に出たこの歌集は、すぐに評判になったが、節子の経済を潤すほどにはならない。父と、郁雨に嫁いだ妹のふき子からの送金で、やっと生活している。病身で、京子と生まれたばかりの房江を育てなければならない。気持ちだけがんばっても、もう無理なことは火を見るよりも明らかだ。ついに節子は函館行きを決意する。

だが、亡くなる数日前の啄木から「おれが死んでも函館には行くな」と言われて、「はい」と返事をしている。親に頼るな、郁雨に頼るなという啄木の意地のようなものを無にはしたくない。苦しい胸の裡を哀果に訴えた。

「私の手一つで育てゝ行かねばならぬ娘たちの運命が何とも云へない悲しい様にもおもはれてなりません。……之は私の本意ではありませんけれど、どうも仕方がありません。夫にたいしてはすまないけれども、どうしても帰らなければ親子三人うゑ死ぬより外ないのです。……この身体で自炊も内職も出来ず、……から云ふわけですから、私はほんとうに当分のつもりで行ってきます。病気と貧乏ほどつらいものはありません」

八月一五日に東京へ戻って啄木の墓参を済ませ、哀果に旅費を工面してもらい、北へ旅立った。子どもたちを盛岡の叔母に預けて、自分は函館でしばらく静養したら房州へ帰り、養生して健康を取り返す。それからあらためて親子三人の生活を組み立てようと思っていた。だが、当初、父の反対があったりして計画はすんなりとはいかず、結局、親子三人で九月四日に函館に上陸、郁雨の世話で昔懐かしい青柳町の借家に住むことになった。函館に住むことは「心ぐるしきかぎりにて候へど何とも致し方なく」実家や郁雨夫妻に助けてもらいながらの、訪れる人もほとんどなく、外出もしない、ひっそりとした暮らしである。

一時は元気を取り戻したかに見えたが、年があらたまった大正二年、節子の病状は悪化した。子どもたちを実家に預け、入院生活を送るようになる。間近に見続け、看病を続けた義母と夫と同じ病気である。日に日に弱っていく自分の運命をさとらざるを得なかった。死を覚悟した節子は、啄木の遺品と日記を、函館の友人で函館図書館主事・岡田健蔵に託した。日記は「啄木が焼けと申したんですけれど、私の愛着が結局さうさせませんでした」と郁雨に打ち明けた。単なる日記ではない、自分や家族にとって不都合なこともあるが、啄木が生きた証として世に残すべきものだと直観したのだ。

五月五日、幼い二人の女児を遺し、節子は臨終の時を迎えた。母と妹の孝子やいとこ、そして啄木亡きいま、最も頼れる義弟、臨月の妻ふき子を家においた宮崎郁雨が立ち会った。臨終の様子を郁雨が金田一京助に手紙で伝えた。

「なくなる時鉛筆で京子の事をよく頼むと書きました。（房江はどうせ助からぬ子だとよく自分で云つてゐましたせいか、その事は云ひませんでした。）それから与謝野さん・金田一さん・土岐さん、森さん・夏目さんの名を書いて、知らせてあげてくれと云ひました。……それから私の顔を見て、妹（私の妻のことです）を可愛がつてやつてくれと云ひました。そして眼を閉ぢて、「もう死ぬから皆さんさようなら」と云ひましたが、二三分してまた眼を開き、「なか〳〵死なないものですねえ」と云つた時にはもう皆が泣いてゐた時でした。それからもう一度「皆さんさようなら」と云つて眼を閉ぢると口から黄色い泡を一寸出しましたが、それが永久のわかれでありました」

夫啄木の死から一年と二二日という早さである。遺された京子は七歳、房江はまだ最初の誕生日を迎えていない。だが、子どもたちのことを別にすれば、節子は死ぬことはすこしも怖くなかった。啄木が待っているのだから……。死に際しても、いや、死に際してだからこそ、「愛の永遠性なると云ふ事」を強く信じたのである。

節子の死は、当日の「函館毎日新聞」の夕刊でも報じられた。

「薄命なる青年詩人石川啄木氏が東京に客死してより一年、……未亡人節子宿痾《しゅくあ》遂に癒えず京子房江の二愛児を遺して今日午前六時四十分夫の後を遂ふて帰らぬ旅に立ちたりと言ふ悲惨の極と言ふべし、……」

二人の遺児は節子の父母、堀合忠操・トキに引き取られ、京子は長じて「北海タイムス」の記者で養子入籍して石川姓になった須見正雄と結婚、二児をもうけ、東京に移住したが、二四歳で急性肺炎で死去した。房江は女学校卒業後、結核で療養中、まるで姉を追うように、その二週間後に一九歳で亡くなった。

父の死後、まだ故郷・坪谷に留まっていた牧水が節子の死を知ったのは、函館毎日の記事を読んだ友人から教えられてのことで、すでに何日もあとのことだった。

「そうだったのか……」

深いため息をついて、牧水は、爽やかな風の吹く初夏の空を遠く見上げた。

後記

牧水は、中学生の頃から好きでした。坪谷の牧水の生家を訪ねたこともあります。歌集の熱心な読者ではないけれど、ずっと「牧水ファン」でした。

教科書止まりだった啄木は、社会人として働きはじめて数年後、たまたま『一握の砂』を手に取り、その「生活の歌」に大いに共感しました。以来、啄木もたいへん好きな歌人になりました。

高齢になって、牧水の随筆集を読む機会があり、そこではじめて啄木の死に牧水が立ち会い、そのことを書いていたのを知り、驚きました。迂闊でした。このふたりに、そんなことがあったとは……。

石川啄木の窮死は、日本の近代文学史上一番の悲劇ではないかと思います。母からうつったと思われる肺結核で、「金がないために薬も買えない」と牧水に訴え、嘆きながら二六歳の若さで死んでしまいます。訴えを聞く牧水の気持ちはどうだったでしょう。

牧水が啄木と親交を深めるのは、啄木が寝込んでからの一四カ月ほどです。

他の友人たちより多く顔を合わせたわけでもなく、啄木の日記に牧水の名前が登場するのも数回だけです。そこでふたりがどんな話をしたか、ほとんど分かりません。でもきっと、真摯で温かい言葉と気持ちのやり取りがあったはずです。私はそれが知りたかった。

啄木については、研究書が日本一多いそうです。牧水に関しても、多くの著作が世にあります。けれども、このふたりの間の友情や凄絶な別れを書いた本は、ほとんど見ません。そうか、それなら……と、私が勝手に想像を交えて書いたのが、この本です。七、八割は史実——というか、啄木、牧水本人や作家、研究者、友人たちによって「書かれていること」です。残りが私の解釈と想像です。その混合物ですから、つまりはフィクションです。結果として、私自身が読みたかった「啄木と牧水の友情の物語」になっています。書き進めるなかで、啄木に向けた京助、郁雨、哀果のすばらしい友情も知ることが出来ました。

啄木を、牧水を、そしてその歌を愛している読者のみなさんが興味深く読んでくだされば幸いです。

＊年長の牧水でなく啄木の名を最初に持ってきたのは、単に語呂がいいからです。「たく・ぼく・すい」と。

啄木・牧水 略年譜（明治一八〜四五年）

年号と年齢	石川啄木	若山牧水	関連事項
明治一八年（一八八五） 牧水生誕		八月二四日、宮崎県東臼杵郡坪谷村に、医師の父立蔵、母マキの長男として生まれる。本名繁。三人の姉がいる	
明治一九年（一八八六） 啄木生誕、牧水一歳	二月二〇日、岩手県南岩手郡日戸（ひのと）村の曹洞宗常光寺に住職の父一禎と母カツの長男として生まれる。姉二人と妹がいる。本名一（はじめ）。（一節には一八年一〇月二七日の誕生とも。また当時、両親は入籍しておらず、工藤一として出生）		
明治二〇年（一八八七） 啄木一歳、牧水二歳	父が渋民村の宝徳寺住職となり、一家で移住		鹿鳴館、仮装大舞踏会。六月、二葉亭四迷『浮雲』
明治二一年（一八八八）			四月、枢密院設置、市町村制公布。七月、東京朝日創刊
明治二三年（一八九〇）			一〇月、教育勅語が出される。一一月、第一回帝国議会召集
明治二四年（一八九一）			五月、大津事件。一一月、幸田露伴『五重塔』
明治二五年（一八九二） 啄木六歳、牧水七歳	母が入籍、以後、石川一となる		
明治二七年（一八九四）			七月、日清戦争
明治二八年（一八九五） 啄木九歳、牧水一〇歳	渋民尋常小学校を首席卒業し、四月、盛岡高等小学校入学		四月、日清戦争終結。一月、樋口一葉『たけくらべ』

■啄木・牧水 略年譜

明治二九年（一八九六）啄木一〇歳、牧水一一歳		三月、坪谷尋常小学校を首席卒業、延岡高等小学校入学	
明治三〇年（一八九七）			一月、俳句雑誌『ホトトギス』創刊。一月、尾崎紅葉『金色夜叉』。八月、島崎藤村『若菜集』
明治三一年（一八九八）啄木一二歳、牧水一三歳	盛岡尋常中学校入学、合格者一二八名中一〇番。一年上に野村長一（胡堂）、二年上に金田一京助（花明）		一月、国木田独歩『武蔵野』。二月、正岡子規『歌よみに与ふる書』
明治三二年（一八九九）啄木一三歳、牧水一四歳	長姉サダの嫁ぎ先田村家に寄宿。近隣に住む堀合節子と知り合う	新設の県立延岡中学校に入学	三月、根岸短歌会成立。一一月、東京新詩社結成
明治三三年（一九〇〇）啄木一四歳、牧水一五歳	五月、回覧雑誌『丁二雑誌』発行、この年、上級生の及川古志郎、金田一、野村らの手ほどきを受け、文学に傾倒。金田一から借りた『明星』の愛読者となる		三月、治安警察法公布。六月、北清事変に出兵。二月、泉鏡花『高野聖』。四月、新詩社より『明星』創刊
明治三四年（一九〇一）啄木一五歳、牧水一六歳	五月、ユニオン会を組織。九月、回覧雑誌『爾伎多麻（にぎたま）』発行。一二月、『岩手日報』に「白羊会詠草」を発表。この年、節子との恋愛が急速に進んだ	校友会雑誌一、二号に小品文、短歌、俳句を発表。七月、雑誌『中学文壇』に入賞	二月、福沢諭吉没（六八歳）。一二月、中江兆民没（五五歳）。一二月、田中正造、足尾銅山事件で天皇に直訴。八月、鳳晶子（与謝野晶子）『みだれ髪』。一一月、国木田独歩『牛肉と馬鈴薯』
明治三五年（一九〇二）啄木一六歳、牧水一七歳	一月～三月、『岩手日報』に評論や文芸時評を発表。四月と七月の試験で不正行為発覚、譴責処分となる。一〇月、白蘋の名で『明星』に「血に染めし～」の短歌が掲載される。一〇月末に退学して上京、新詩社の集まりに参加、与謝野夫妻を訪問	二月、大内財蔵（後の平賀春郊）らと文芸研究の曙会、短歌研究の野虹会を作り、回覧雑誌『曙』を発行	一月、八甲田山雪中行軍遭難事件。一月、第一次日英同盟。五月、正岡子規『病牀六尺』連載。九月、正岡子規没（三六歳）。一二月、高山樗牛没（三二歳）

明治三六年（一九〇三） 啄木一七歳、牧水一八歳	二月、病気になり帰郷。夏〜秋、『岩手日報』や『明星』に記事や短歌掲載。一一月、新詩社同人となる。一二月、啄木名で『明星』に掲載された長詩「愁調」五篇が好評、以後「啄木」を号とした	四月、短歌回覧雑誌『野虹』を発行。秋頃から「牧水」と号する	五月、一高生藤村操、華厳の滝で投身自殺。八月、東京市電初運転。六月、短歌雑誌『馬酔木』創刊。一〇月、尾崎紅葉没（三七歳）
明治三七年（一九〇四） 啄木一八歳、牧水一九歳	二月三日、節子と婚約。『明星』ほか文芸各誌に詩作を発表、注目される。一〇月末、処女詩集刊行のため上京。一二月、父一禎が宗費滞納のため宝徳寺住職を罷免される	四月、早稲田大学文学科高等予科に入学。六月、同級の北原白秋と知り合い、九月から牛込区戸塚の「清致館」に同宿	二月、日露開戦。与謝野晶子「君死にたまふこと勿れ」
明治三八年（一九〇五） 啄木一九歳、牧水二〇歳	三月、一家で宝徳寺より退去。五月、処女詩集『あこがれ』上梓。六月、節子と結婚。九月、文芸雑誌『小天地』創刊も一号で終わる	尾上柴舟、正富汪洋、前田夕暮、牧水で反『明星』的な「車前草社」を起こし三木露風らも参加。九月から『新聲』の「車前草社詩草」欄に歌を発表するようになる	東北大飢饉。五月、初のメーデー集会。日本海海戦勝利。一〇月、日露戦争終結。一月、夏目漱石『吾輩は猫である』。一〇月、上田敏『海潮音』
明治三九年（一九〇六） 啄木二〇歳、牧水二一歳	三月、母、妻と渋民に帰村。四月、渋民尋常高等小学校の代用教員を拝命。六月、父の宝徳寺再住運動のため上京し新詩社に滞在。七〜八月、帰郷後、小説を執筆するも実らず。一二月、長女京子誕生	英文科の同級生らと同人雑誌『北斗』を刊行。六月、神戸で、園田小枝子と出会う	二月、婦人参政権運動。三月、鉄道国有法公布。六月、南満州鉄道会社設立。五月以降、満洲各地に領事館設置。一月、伊藤左千夫『野菊の墓』。三月、島崎藤村『破戒』。四月、夏目漱石『坊っちゃん』、九月、『草枕』
明治四〇年（一九〇七） 啄木二一歳、牧水二二歳	三月、父が宝徳寺再住を諦めて家出。四月、校長排斥のストを発動、免職となる。五月、一家離散し函館へ。苜蓿舎の主筆となる。七〜八月、青柳町に妻子、母を迎える。八月、函館日日新聞遊軍記者となるも二五日の大火で学校、新聞社も焼失。九月、札幌の北門新報を経て小樽日報社に移り、家族を小樽に呼ぶ。一二月、内紛から退社、生活困窮す	春に上京した小枝子と親しくなる。六月、小枝子と武蔵野逍遥。八月、『新聲』に「幾山河〜」など発表。年末、小枝子、赤坂庸三と外房州根本海岸を訪れ、翌年始まで滞在。恋が実り、多くの情熱的な歌を詠む	二月、足尾鉱山争議に軍隊出動。八月、函館大火。一月、泉鏡花『婦系図』。与謝野晶子『黒髪』。六月、夏目漱石『虞美人草』。九月、田山花袋『蒲団』。一〇月、二葉亭四迷『平凡』。四月、夏目漱石、朝日新聞に入社

明治四一年（一九〇八） 啄木二二歳、牧水二三歳	一月、釧路新聞に編集長格で入社、単身赴任。二～三月、酒と女に明け暮れる。四月、釧路を去り、宮崎郁雨の厚意で家族を函館に戻して上京。五月、金田一京助に助けられ菊坂町の赤心館で創作活動。森鷗外の観潮楼歌会にも出席。六月、小説の売り込み失敗から収入もなく困窮。七月、歌を集中して詠み『明星』に「石破集」を発表。九月、金田一と共に森川町蓋平館別荘に共に移る。一一月、東京毎日新聞に小説『鳥影』連載で原稿料三〇円。この月、『明星』が一〇〇号で終刊	四月、小枝子とともに百草山に行き二泊。春頃、小枝子が人妻であることを知る。七月、早稲田大学文学科英文科卒業。第一歌集『海の声』を出版（出版社がつぶれてほとんど自費出版）。七月、親友平賀財蔵が鹿児島の高校を卒業、九月に東大生となり上京。九月、坪谷に帰郷し、再び上京。健康を害し、恋愛問題に悩みながら文芸雑誌『新文学』刊行を目指すが難航。暮れに牛込区若松町に小枝子と暮らすための家を借りるも、小枝子は同居せず	六月、赤旗事件で荒畑寒村、堺利彦、大杉栄ら検挙。九月、警察犯処罰令公布。六月、国木田独歩没（三八歳）。八月、永井荷風『あめりか物語』。九月、夏目漱石『三四郎』。一一月、『明星』終刊。一二月、『アララギ』創刊。北原白秋ら「パンの会」創立
明治四二年（一九〇九） 啄木二三歳、牧水二四歳	一月、『スバル』創刊、発行名義人となる。二月、同郷の佐藤真一の厚意で朝日新聞校正係に、月給二五円。四～六月、家族の上京要請に煩悶、この間「ローマ字日記」を書く。六月一六日、家族上京、本郷弓町の床屋「喜之床」二階に暮らす。一〇月、生活苦と病苦から節子が京子を連れて一カ月ほど実家に帰る。宮崎郁雨と妹ふき子の結婚式の日に帰京。この事件を契機に啄木の詩歌観は変わり、一一月、東京毎日新聞に評論「食ふべき詩」連載。年末、父一禎が上京、二間に五人暮らしとなる	一月、外房州布良に滞在。三月、小枝子との同居を諦め、若松町から鶴巻町「八雲館」に移る。四月、徴兵検査丙種不合格。七月、中央新聞社社会部記者となる。一一月、ハルビンで暗殺された伊藤博文の無言の帰国を取材。一二月、中央新聞退社。年末、東雲堂西村社長から新雑誌『創作』の創刊編集長を依頼され、快諾	五月、「新聞紙法」公布。一〇月、伊藤博文、ハルピン駅頭で暗殺される。一月、『スバル』創刊。三月、北原白秋『邪宗門』。永井荷風『ふらんす物語』。六月、夏目漱石『それから』。七月、森鷗外『ヰタ・セクスアリス』
明治四三年（一九一〇） 啄木二四歳、牧水二五歳	四月、朝日『二葉亭全集』の編集者になる。六月の「大逆事件」に衝撃を受け、八月、「時代閉塞の現状」を執筆。九月、「朝日歌壇」の選者となる。一〇月四日、長男真一誕生。この日東雲堂と歌集『一握の砂』出版が決まる。二七日、真一死亡。一二月一日、『一握の砂』刊行	一月、第二歌集『独り歌へる』出版。二月頃、小枝子が「雪子」を出産。三月、創刊した『創作』が大好評。四月、第三歌集『別離』を刊行、各方面から称賛され「牧水・夕暮時代」到来。九月～一一月、心身ともに疲労困憊し信州への旅に出るが、追ってきた小枝子と小諸で最後の対面	六月、幸徳秋水逮捕（被検挙者計二六名）。八月、韓国併合。三月、森鷗外『青年』。八月、前田夕暮『収穫』

年	啄木	牧水	社会
明治四四年（一九一一） 啄木二五歳、牧水二六歳	一月、友人の平出修弁護士から幸徳秋水らの裁判に関して話を聞き、多くの資料を読む。一月一三日、土岐哀果と会い文芸誌『樹木と果実』発刊を協議。二月三日夜、若山牧水が訪ねてきた。翌四日、慢性腹膜炎治療のため入院。三月一五日退院、以後自宅療養。四月、『樹木と果実』発行断念。六月、盛岡・堀合家の函館移住と節子帰省に関し揉め事となり、堀合家と義絶。七月、高熱続く、節子も肺尖カタル。八月七日、小石川区久堅町へ引っ越し。九月三日、父一禎が家出。その数日後、節子に届いた郁雨からの手紙をめぐって紛糾、郁雨と義絶し、経済的に孤立	一月、麹町区飯田河岸の印刷所「日英舎」二階に住み、同所を「創作社」として『創作』を編集。発行は引き続き東雲堂。二月三日、「喜之床」二階に石川啄木を訪ねる。三月、小枝子との恋が終わる。四月九日、「ユキコシス」の電報が届く。乱酔の日々。夏、太田水穂宅で太田喜志子に会う。九月、第四歌集『路上』刊行。一〇月、『創作』を解散。一二月、やまと新聞社社会部記者となる	一月、大逆事件判決、幸徳、管野ら二四名に死刑、数日後一二名に刑執行。一〇月、辛亥革命。六月、北原白秋『思ひ出』。一〇月、森鷗外『雁』
明治四五年・大正元年 （一九一二） 啄木二六歳、牧水二七歳	一月、母が喀血し、その後の診察で「痼疾の肺患」と判明、啄木は絶望する。月末、朝日の佐藤編集長が社員拠出の見舞金を届ける。三月七日、母カツ死亡。四月八日、啄木から原稿を金にしてくれと頼まれた牧水は哀果に依頼。哀果が東雲堂と交渉、二〇円の稿料を届ける。四月一三日早朝危篤となり、金田一と牧水が呼ばれる。いったん持ち直し、金田一が学校へ向かったところで絶命。父、妻、娘と牧水が看取った。一五日、葬儀 六月一四日、節子は房州で次女房江を出産。二〇日、『悲しき玩具』刊行。九月四日、節子と遺児二人は実家や郁雨を頼って函館に居住。翌大正二年（一九一三）五月五日、肺結核で節子死亡	一月、やまと新聞を退社。三月、『自然』創刊の資金集めに信州各地で歌会開催。四月二日、桔梗ヶ原を歩きながら喜志子に求婚。四月一三日、石川啄木の最期を看取る。五月、『自然』を創刊するも一号で終わる。喜志子と結婚し、内藤新宿に転居。七月、父危篤の報に帰省。帰省中に、九月、『死か芸術か』刊行。一一月、父立蔵が脳溢血で死亡、翌年五月まで在郷 ＊牧水は、昭和三年（一九二八）九月一七日の朝、沼津市の自宅で、急性腸胃炎兼肝臓硬変症により、満四三歳で他界した	二月、清朝滅亡。七月、明治天皇崩御、「大正」と改元。二月、土岐哀果「黄昏に」

＊以下の書籍や出版物、ネット記事等を参考にしました。
　ありがとうございました（順不同）。

石川啄木『あこがれ』小田島書房版　特選 名著復刻全集（昭和54年 日本近代文学館）／『一握の砂』東雲堂書店版　新選 名著復刻全集（昭和49年 日本近代文学館）／『悲しき玩具』東雲堂書店版　精選 名著復刻全集（昭和48年 日本近代文学館）／『啄木日記』新編石川啄木選集・5（1960年 春秋社）／『歌集 暇な時』啄木全集３（昭和24年 河出書房）／『石川啄木全集 第五巻 日記Ⅰ』『同 第六巻 日記Ⅱ』（昭和53年 筑摩書房）／『大岡信 編 啄木詩集』（1991年 岩波文庫）／『石川啄木歌文集』（2003年 講談社文芸文庫）／『一握の砂・時代閉塞の現状』（2008年 宝島社文庫）

岩城之徳『石川啄木』（昭和36年 吉川弘文館）／同『補説 石川啄木傳』（1967年 さるびあ出版・非売品）

野田宇太郎『歴史と文学の旅 石川啄木の世界』（昭和48年 平凡社）

上田 博『石川啄木 抒情と思想』（1994年 三一書房）

伊東圭一郎『人間啄木 生誕110年記念・復刻版』（平成8年 岩手日報社）

平岡敏夫『石川啄木の手紙』（1996年 大修館書店）

岡田喜秋『人生の旅人・啄木』（2012年 秀作社出版）

ドナルド・キーン『石川啄木』（2016年 新潮社）

池田 功『啄木の手紙を読む』（2016年 新日本出版社）

郷原 宏『胡堂と啄木』（2019年 双葉社）

澤地久枝『石川節子 愛の永遠を信じたく候』（昭和59年 講談社文庫）

『大活字版 ザ・啄木 詩・歌 小説全一冊』（2007年 第三書館）

若山牧水『若山牧水全集 2』『同 3』（1992年 増進会出版社）『同 4』『同 9』『同 補巻』（1993年 増進会出版社）／『若山牧水随筆集』（2000年 講談社文庫）／『若山牧水歌集』（2004年 岩波書店）／『牧水 酒の歌』（平成19年 沼津牧水会）

大悟法利雄『歌人牧水』（昭和60年 桜楓社）

田村志津枝『若山牧水さびしかなし』（2003年 晶文社）

伊藤一彦『牧水の心を旅する』（平成20年 角川学芸出版）／『いざ行かむ、まだ見ぬ山へ』（2010年 鉱脈社）／『若山牧水 その親和力を読む』（2015年 短歌研究社）／『牧水・啄木・喜志子 近代の青春を読む』（2023年 ながらみ書房）／堺 雅人と共著『ぼく、牧水！ 歌人に学ぶ「まろび」の美学』（2010年 角川oneテーマ21）

見尾久美恵『コレクション日本歌人選038 若山牧水』（2011年 笠間書院）

俵 万智『牧水の恋』（2018年 文藝春秋）

横田正知『牧水のうた』（昭和36年 現代教養文庫）

大岡 信『若山牧水 流浪する魂の歌』（昭和56年 中公文庫）

長浜 功『啄木の遺志を継いだ 土岐哀果』（2017年 社会評論社）

木俣 修『北原白秋歌集 日本詩人選３』（1997 小沢書店）

三木 卓『北原白秋』（2005年 筑摩書房）

高野公彦『詩歌を楽しむ 北原白秋 うたと言葉と』（2012年 NHKカルチャーラジオ）

出久根達郎『春本を愉しむ』（2009年 新潮選書）

大岡敏昭『三人の詩人たちと家 牧水・白秋・啄木―その暮らしの風景』（2018年 里文出版）

田村景子・小堀洋平・田部知季・吉野泰平『文豪たちの住宅事情』（2021年 笠間書院）

高 啓『中國詩人選集二集10 入谷仙介注 高啓―高青邱―』（1962年 岩波書店）

ネット

個人ファン『啄木の息』／堀江幸司『改訂版・江戸東京医学史散歩』／福井智子『石川啄木と漢歌』／近藤典彦『石川啄木の借金の論理』／塩月 眞『牧水の風景』

富永 虔一郎（とみなが・けんいちろう）

編集者／文筆家。半世紀以上、出版社編集部員あるいはフリーランスとして生活誌『暮しの手帖』音楽誌『音楽通信』工芸誌『TeWaZa』ファッション誌『Spring』などの雑誌編集に携わる。並行して、ムックや書籍の編集者としても多くのジャンルの本を作ってきた。ジャズ書、ビートルズブック、アート写真集、絵本、翻訳文芸書、近代日本文学、ミステリー、ノンフィクション…など計数百点に及ぶ。共訳書に『アビイロード ビートルズ最後の伝説』。近年、編集した書籍は『いつも隣に山頭火』『O・ヘンリー ラブ・ストーリーズ 恋人たちのいる風景』『シャーロック・ホームズが見た世界』『宮沢賢治 ほんとは怖い傑作童話選』など。1945年、熊本生まれ。

編集：富永虔一郎／編集協力：田中はるか／装丁＆組版：水谷イタル

小説 啄木と牧水 —覚えず 君が家に到る—

発行日　2024年3月31日　初版第1刷

著・編者　富永虔一郎
発行者　杉山尚次
発行所　株式会社 言視舎
東京都千代田区富士見2-2-2 〒102-0071
電話03-3234-5997　FAX03-3234-5957
https://www.s-pn.jp/

印刷・製本　モリモト印刷（株）

ISBN 978-4-86565-270-3 C0093